学生课外阅读书系 ❧ 插图典藏版

花颈鸽：一只信鸽的传奇

［美］达恩·葛帕·默克奇/著　罗琳/译

中原出版传媒集团
中原传媒股份公司

大象出版社
·郑州·

图书在版编目(CIP)数据

花颈鸽：一只信鸽的传奇/(美)达恩·葛帕·默克奇著；罗琳译.—郑州：大象出版社，2017.1（2018.6重印）
（学生课外阅读书系）
ISBN 978-7-5347-8494-1

Ⅰ.①花… Ⅱ.①达… ②罗… Ⅲ.①儿童小说—中篇小说—美国—现代 Ⅳ.①I712.84

中国版本图书馆 CIP 数据核字(2016)第 296874 号

学生课外阅读书系
花颈鸽：一只信鸽的传奇
HUAJINGGE:YI ZHI XINGE DE CHUANQI

[美]达恩·葛帕·默克奇　著
罗琳　译

出 版 人	王刘纯
选题策划	智趣文化
责任编辑	方　敏
责任校对	安德华
封面绘图	薛　芳
封面设计	史掌欣

出版发行　大象出版社（郑州市开元路16号　邮政编码450044）
　　　　　发行科　0371-63863551　总编室　0371-65597936
网　　址　www.daxiang.cn
印　　刷　新乡市豫北印务有限公司
经　　销　全国新华书店
开　　本　710mm×1000mm　1/16
印　　张　9.5
字　　数　117 千字
版　　次　2017 年 1 月第 1 版　2018 年 6 月第 3 次印刷
定　　价　23.00 元

若发现印、装质量问题,影响阅读,请与承印厂联系调换。

目 录

第一部分

第一章　花颈鸽的诞生　　　　　　　　/ 2

第二章　学习飞行　　　　　　　　　　/ 8

第三章　辨别方向　　　　　　　　　　/ 15

第四章　喜马拉雅山之旅　　　　　　　/ 21

第五章　喜马拉雅山见闻　　　　　　　/ 37

第六章　花颈鸽的出走　　　　　　　　/ 50

第七章　花颈鸽的历险　　　　　　　　/ 53

第八章　花颈鸽的历险（续）　　　　　/ 61

第二部分

第一章　参战前的训练　　　　　　/ 72

第二章　参战前的准备　　　　　　/ 78

第三章　花颈鸽恋爱了　　　　　　/ 89

第四章　战场的召唤　　　　　　　/ 96

第五章　第二次冒险　　　　　　　/ 105

第六章　侦察任务　　　　　　　　/ 111

第七章　花颈鸽自述　　　　　　　/ 118

第八章　治愈憎恨和恐惧　　　　　/ 124

第九章　喇嘛的智慧　　　　　　　/ 134

第一部分

第一章
花颈鸽的诞生

我出生于印度，生长于加尔各答，现在定居于美国。我的孩子们常常会好奇地询问我加尔各答的生活是什么样子的，我也总是乐此不疲地给他们讲述我的童年和少年，还有我去美国读书之前的所有故事。孩子们说，我的每个故事里似乎都有鸽子。是啊，我的鸽子，那些我与鸽子相伴的日子，的确是我内心深处最难以抹去的记忆。

我的祖国印度有着悠久的驯鸽历史，随便在人群中找三个男孩儿，就一定有一个是养了鸽子的。上至住在金碧辉煌的大理石宫殿里的皇帝后妃、王子公主，下至衣不蔽体、食不果腹的栖身于贫民窟里的穷人，都对鸽子青睐有加。所以，鸽子的身影在人们的花圃、果园、庭院里，甚至郊外的岩洞里、城市中央的喷泉旁……都随处可见。它们总是喜欢咕咕咕咕地叫个不停，如果你用心倾听的话，就会觉得它们的叫声仿佛是一篇篇悦耳动听的乐章，让人心旷神怡。很多

第一章 花颈鸽的诞生

鸽子都有着色彩斑斓的羽毛,还有些鸽子的眼珠红红的,就像一对对价值连城的红宝石。不仅如此,印度的鸽子种类繁多,信鸽、翻飞鸽、扇尾鸽、凸胸鸽等,能叫上名字的都有十几种之多,其中扇尾鸽和凸胸鸽这两个奇特的品种还是在印度本土培育出来的。以我的家乡加尔各答为例,一个有100万人口的城市,住在那儿的鸽子少说也有200万只,人们对鸽子的喜爱可见一斑。

来自我家乡的朋友说,即使是现在,不时地在蓝天下翱翔、盘旋的鸽群依然是加尔各答一道最闪亮的风景线。冬天的早晨,在或是玫瑰红或是黄色或是紫色或是白色的屋顶上,无数少年站立在凛凛寒风中,他们都手拿一面白色的旗子,不时地向空中挥舞着手臂,发出只有经他们训练过的鸽子和他们自己才能看得懂的信号。在小主人的指挥下,鸽子们先在自家的屋顶上空转着小圈儿,大约过了20多分钟,它们开始一小拨一小拨地逐渐飞高,然后在湛蓝的天空下汇聚成一大群,远远看过去就像一团不断飘忽移动的巨大云彩,它们飘啊,飞啊,最后随风飞出了人们的视线,飞向了蓝天的另一边。这个时候,你一定会好奇地问我:这些鸽子每天要飞那么远,它们都能清楚地记得回家的路线吗?这是个很好的问题。

还是让我来慢慢回答你吧。鸽子们虽然住在城市里,但它们对方向的辨别能力和对路线的把握技巧,那可是好得惊人。不管飞到哪里,只要那双翅膀还在,它们就一定会准确无误地飞回主人的身边。因为鸽子是忠诚而又重感情的动物,在它们眼里,自己的主人就是自己的朋友和兄弟,它们怎么会舍得离开自己的朋友和兄弟呢?在我一生所见过的动物朋友里,就只有大象和鸽子是对人类最忠诚的。我曾经有过一头大象,它叫凯瑞,那个大家伙最大的特征是长着两颗长长的牙齿。大象靠四足行走,待在乡下,鸽子则长着一对翅膀,住在城市里。我曾经在一本书里讲述过凯瑞的故事，所以，这一次，我故事的主角就是人类另一位忠诚的朋友——鸽子。

　　我的鸽子名叫奇特拉·格雷瓦。在印度语里，奇特拉是"五颜六色"的意思，格雷瓦的含义是"脖子"，所以，奇特拉·格雷瓦的意思就是"一只脖子上长有五颜六色毛的鸽子"，或者你也可以叫它"花颈鸽"。

　　当然，花颈鸽颈项上的羽毛并不是天生就呈五颜六色的。它刚出生时，和其他的雏鸽没有什么两样，脖子上的短毛也是灰绒绒的，有气无力地贴在身体上，谁也猜不到这些毫无特色的灰色短绒毛竟然会在日后变成一圈光彩夺目的颈羽。最后，当它那漂亮的颈羽成形时，所有人都被那在阳光下呈现出的异样色彩迷住了，于是，它就这样从加尔各答的四万多只鸽子里脱颖而出，成了我们这个城市里公认的最好看的鸽子。

　　说了这么多，大家一定迫不及待地想听到更多关于花颈鸽的故事吧？那就让我先从花颈鸽的父母说起吧。

　　花颈鸽的父亲是一只翻飞鸽，凭着英俊的外表和不凡的气度，很快就把一只漂亮的雌鸽追到了手，也就是花颈鸽的母亲——一只血统古老、出身高贵的信鸽。花颈鸽后来也成了一只出色的信鸽，这多半与母亲的遗传有很大的关系。母亲遗传给花颈鸽的，除了它古老的血统和高贵的出身，还有信鸽们所共有的聪慧头脑。当然，父亲也传给了花颈鸽不少东西，比如面对困难时迎头而上的勇气和面对危险时处变不惊的机灵。作为我故事中的主人公，它的机灵劲儿自然不是我用三言两语能描绘清楚的，在这里，就让我先悄悄透露一个它的独门绝技吧。在危急关头，花颈鸽总能"突"地一下翻一个跟头，蹿到敌人的脑袋后上方去。凭着这一招，花颈鸽好几次化险为夷，从隼的利爪

第一章　花颈鸽的诞生

下侥幸逃脱。不过这个可以暂且放一放，等到后面再讲。

伟大的英雄总是九死一生。这句话放在花颈鸽身上也很适用。还记得当时花颈鸽的母亲其实是下了两枚蛋。在它下了蛋没几天，我想把它的巢好好打扫一番，为迎接即将出世的新生命做准备。我轻轻地抱起鸽子妈妈，把它放在一旁的屋顶上（那时候，我们家的房子有四层，鸽舍是搭在屋顶上的），又小心翼翼地探过头去，把一只手伸进鸽巢深处，动作缓慢而又温柔地将那两枚鸽蛋从巢里挪出来，同样放在鸽子妈妈身旁的屋顶上。可是，我忘了先把巢里的棉花和法兰绒拿出来铺在那硬邦邦的地板上。当我把巢里的杂物收拾停当后，准备把鸽蛋轻轻地挪回鸽巢深处，但就在我将第一枚鸽蛋安置稳妥，正准备拿起另一枚时，什么东西突然猛地撞在了我的脸上，如暴风雨一般猛烈，我定睛一看，原来是花颈鸽的父亲。平时温和的它此刻像发疯了一样，挥动着翅膀，不停地攻击我的面部，我躲避不及，竟然被它的一只脚爪勾住了鼻子，让我又痛又气。我不想伤害它，只是一味退让，可我又怕它再次扑过来，因此本能地伸出一只手去抵挡它的进攻，慌乱间一松手，把鸽蛋摔在了没有任何铺垫的地板上，刹那间，小小的鸽蛋就在我脚边摔了个粉碎，黄的白的蛋液流了一地，看得我好心痛，说不定那枚鸽蛋里孕育着一只全世界最棒的鸽子啊！这都怪愚蠢的鸽子爸爸，不，更应该怪我自己。鸽子爸爸保护自己的孩子是出于本能，当它看到有人站在鸽巢边上时，哪里顾得上分辨那人是谁，情绪一激动，就把我当成了偷蛋贼，因此毫不犹豫地扑上前来，豁出性命地攻击我。而我，这个自以为聪明的人类，本该考虑得更周全一些，对一切突发情况都应做好万全的准备，可是由于我的粗心大意，造成了一辈子都无法弥补的伤害，直到现在我依然为此事感到万分后悔。说出这个小插曲，也是想告诫你们，在孵卵期打扫鸟巢的时候，一定要做好各方面的准备，以免造成无法挽回的损失。

我们言归正传，还是继续说花颈鸽的出生吧。在一枚鸽蛋被我失手摔碎后，鸽子爸爸和鸽子妈妈对剩下的这个孩子更是视若珍宝。每一天，除了鸽子妈妈寸步不离地呵护外，从一大早到接近傍晚的这段时间里，鸽子爸爸也会一直守在巢里，这差不多占了整个孵化期的三分之一。又过了20多天，我发现鸽子妈妈不再像往常那样喜欢趴在鸽蛋上了，与此同时，它变得更加警惕，不管谁想靠近鸽巢，它都会立刻变得紧张兮兮，如临大敌。连鸽子爸爸想要飞到巢边看一看，也总是被它无情地啄走。鸽子爸爸咕咕地叫着，似乎在不满地抱怨："你为什么不让我亲近我的宝贝儿子？"鸽子妈妈又啄了它几下，大概是在给他解释："接下来可是关键时期，为了让我们的宝贝顺利降世，你还是忍一忍吧！"于是鸽子爸爸只好悻悻然地飞走了。

其实我也一直盼着这颗鸽蛋快点孵化出来，我经常关切而又焦急地盯着鸽巢，有时候一盯就是一个小时，结果什么都没有发生，我越等越着急，甚至怀疑鸽子妈妈究竟能否孵出小鸽子来。

有一天，我盯了大概有三刻钟的时间，发现鸽子妈妈忽然把头歪向了一边，仿佛在倾听着什么——难道是鸽蛋里有了动静？我的心里一震，立刻打起精神全神贯注地看着鸽子妈妈。果然，我感觉到它全身微微颤抖了一下，然后，仿佛下定了决心一般，鸽子妈妈抬起头，瞄准蛋壳上的一处，"笃、笃"两下啄了个洞。雏鸽的身体就这样露了出来——一个湿漉漉的、毛茸茸的小东西。可能是因为刚刚从蛋壳里出来，还没适应外界突然而至的冷空气，它那弱小的身体还在不停地颤抖着。这就是我们期待了这么多天的小宝宝吗？哦，它是那么的小，那么的无助！看到脆弱的小宝宝，鸽子妈妈马上用它胸前柔软的蓝色羽毛把小鸽子包了起来。

第一章 花颈鸽的诞生

　　花颈鸽就是这样来到这个世界上的。在这个过程中，我注意到，冥冥之中仿佛有一种神秘的力量在指示着鸽子妈妈。即使坚硬的蛋壳一直将小鸽子严严实实地包裹着，把它与外界隔离开来，谁也猜不透蛋壳里那团黄色的液体和那团清而透明的液体会在何时发生神奇的变化，变成一个真正的小鸽子，但是，鸽子妈妈却很清楚。不仅如此，它还清楚地知道它的小宝宝想要来到这个世界的神奇之门位于蛋壳的何处，只有从这道门啄破蛋壳，才不会让鸽宝宝受到伤害。在我看来，这种生物界的神秘联系简直就是一种奇迹，这正是生命的神圣所在。

第二章
学习飞行

在鸽子妈妈啄破蛋壳的瞬间，阳光刚好倾泻而来，霎时洒满鸽宝宝周身，这一刻，一定是鸽宝宝一生当中最美好的记忆之一。在照顾鸽宝宝这一点上，鸽子像极了我们人类。我们的父母总是喜欢把小孩子抱在怀里，温柔地唱着歌儿哄着小宝宝入眠，鸟儿的父母也总是喜欢张开双翼，将雏鸟紧紧地抱在怀里，温柔地呵护它们，耐心地喂养它们。在有生命的世界里，无论是人类还是动物，都会对父母所给予自己的这种宠爱无比渴望，因为这种呵护所带来的温暖感如同填饱肚子的食物一样重要。

在育雏期间我们要特别注意减少垫在鸽巢里的填充物，以免巢里的温度过高伤害鸽宝宝。要知道，雏鸽在慢慢长大，它们散发出的热量也在慢慢地增多，而许多无知的养鸽人并不知道这一点。还有，鸽巢也不能打扫得太勤，因为鸽子爸爸和鸽子妈妈比谁都清楚什么东西

第二章　学习飞行

放在巢里能让雏鸽感到舒适愉快。

花颈鸽的食欲好得惊人。我清楚地记得，在它出世的第二天，只要一听到父母飞回巢的声音，花颈鸽就会条件反射地张开嘴巴，把自己粉嫩的小身躯伸得长长的，咕咕地向父母讨要食物。此时，鸽子爸爸或鸽子妈妈就会向小鸽子伸出自己的喙，缓慢而轻柔地将"鸽乳"（鸽乳是被成年鸽子们吞下并经胃部半消化的谷物）吐到鸽子宝宝的喉咙里。我注意到它们喂到花颈鸽喉咙里的都是非常软和的东西。听老辈们说，即使鸽宝宝已经满月，成年鸽子也不会把坚硬如谷粒一样的东西直接喂到它们的嘴里，而是依然坚持自己先吞下食物，经过胃部将食物含软，再将含软的食物吐进雏鸽的喉咙里。

花颈鸽不仅食欲好，而且食量也非常大，为此，鸽子爸爸、鸽子妈妈总是有忙不完的活计，不是在守护着它，就是在为它寻觅食物的途中。在这方面，我觉得鸽子爸爸倒是出了更多的力，充分尽到了当爸爸的责任和义务。就这样，时间一天天地过去，花颈鸽也一天天地胖了起来。不仅如此，它的身体还从淡红色变成了白色，最后又带点黄色。据说，这意味着雏鸽要开始长羽毛了。果然，没过多久，花颈鸽的身上就开始陆续地冒出了又短又粗的羽毛，摸上去给人一种硬硬的感觉，还有些扎手。如果它蹲在巢边一动不动，你也许都会情不自禁地怀疑，那会不会是一只小刺猬呢？不过，你的这种疑虑不久就会自动消除了。因为花颈鸽的喙开始慢慢地冒了出来，虽然那喙看上去还很小，但给人一种特别结实和锋利的感觉。到底有多锋利呢？让我来给你讲一段小插曲吧。在花颈鸽刚好满三周的那天，有只小蚂蚁在花颈鸽的脚趾处缓缓地爬过，想钻进鸽舍。花颈鸽刚好站在鸽舍口，说时迟那时快，那只倒霉的小蚂蚁就被花颈鸽无情地啄成了两截。看着自己的杰作，花颈鸽半天没有反应过来，一直低头研究着蚂蚁的尸体，谁都不知道它在想些什么。也许，它在为自己伤害了一只无辜的小生命而内疚？谁知道呢。反正从那以后，我倒是真的没再见它伤害过其他的小动物了。这样看来，鸽子真的是天性善良的小动物呢。

总之，花颈鸽就这样慢慢地长大成形了。羽翼逐渐丰满起来，下巴也愈加有力量了。又过了两周，它居然还自己从鸽舍里跑了出来，径直跑到鸽舍前的水槽里找水喝，有时候甚至还会在鸽舍周围寻觅散落的谷粒充当食物。我经常会抓起一把谷粒摊在手心，再用另一只手抓起花颈鸽放在我的手臂上。一见到食物，小家伙就兴高采烈地来啄食，有时候，它啄起一粒谷子，先在嘴巴里抛来抛去，随后再一口吞下，跟表演杂技似的。小家伙还很通人情，每次做完这个动作，都会斜着眼睛看我，就像一个孩子在寻求表扬："小主人，小主人，你看我多厉害呀！等我爸爸妈妈回来了，你可一定得把这事儿给它们好好念叨念叨，让它们也知道我的本事哦！"

然而，聪明伶俐的花颈鸽，在学习本领的时候也遇到了不少障碍。有时候连我都会怀疑，它是不是我所见过的最笨的鸽子呀？

这种焦虑和困惑发生在两周以后，那个时候花颈鸽刚好在学习飞行的阶段。在我们人类心中，飞行是鸽子的本能，应该很容易就学会啊。可是，事实并非如此。我想，这也许就像是小孩子在学习游泳的时候，无论有多么喜欢水，也难免会犯错误，有时候甚至还会喝上一肚子水。鸽子学飞行也是一样。

为了把当时的情形说得更清楚些，我还是先描述一下我家的屋顶吧。在我家的屋顶上，有一圈儿用水泥砌成的墙，高度在1.6~1.7米。这是因为在印度，夏天十分炎热难耐，晚上我们都习惯睡在房顶上，为了防止人们在睡得糊里糊涂的时候从房顶上摔下去，几乎家家户户

第二章 学习飞行

都会砌上这样一道坚固的墙。在花颈鸽学习飞行期间,我每天都会坚持把它放到这堵墙的最高处,然后站在旁边观察它。可它却丝毫没有要学习飞行的意思,有时甚至能在那里站上几个小时,好像就是为了吹吹风。

对于花颈鸽一直不愿飞行的行为,我百思不得其解。也许它的翅膀还不够坚硬?也许这堵墙对它而言还是太高了?也许它还没有战胜飞行的胆怯?管不了那么多了,为了让它"飞"出第一步,我决定对它进行美食诱惑。 那天,我依然把它放在水泥墙的最高处,然后故意当着它的面在离它一段距离的房顶上放了几颗花生米,然后像平日里喂食时那样咕咕地唤它。这一次,我的办法真的奏效了。花颈鸽先是望了我几眼,又看了看房顶上的花生,聪明的它立刻明白了我是不会像以前那样把美味直接送到它嘴里的。于是,它伸长了脖子,准备自己去够那些花生米。可是,那些花生米离它的位置足足有3英尺[①]远,即便它把脖子伸得再长也是没有用的。然后,在整整15分钟难熬的等待之后,它终于跳了下来!鸽子就是鸽子,在凌空的一瞬,花颈鸽的翅膀本能地张开了,这可是之前从未发生过的事。鸟类的翅膀有助于它们在降落的时候保持平衡,虽然是第一次使用,花颈鸽还是稳稳当当地落在了那些花生米的旁边。它成功地收获了美食,也成功地迈出了飞行的第一步。

也就是那一天,我还有了一个新的发现:花颈鸽的眼球表面好像有一层薄膜状的晶体物。这到底是鸽子眼睛里天生就有的东西还是生了什么病呢?我径直伸出双手,抓起花颈鸽来到房顶上,想借着明亮的光线探究得更清楚一些。果然,位于它的眼皮内侧,的确有一层晶

[①]3英尺=0.914 4米。

体状的薄膜，那颜色有些像绵纸，白得透明。这时我的身子不经意地一晃，阳光直射到了它的眼睛里，那层薄薄的膜立刻完全张开了，附着在小鸽子两只圆圆的眼珠上，原本白得透明的晶体物被鸽子的眼球映上了一层淡淡的金色。后来有经验的养鸽人告诉我，这层晶体物就是鸽子的瞬膜，是鸽子眼睛的保护膜，正因为有了它的存在，鸽子才不惧在阳光里、风雨里和在沙尘暴中飞行。

同时，我还注意到花颈鸽的羽毛颜色在悄悄地发生变化。它刚出生的时候，身上的绒毛短短的，呈棕灰色，渐渐地，开始有浅蓝色的羽毛呈现，而现在，它全身上下的羽毛都是蓝色的了，那是一种天和海所特有的蓝色，带着一种神秘的光泽。颈部那一圈的羽毛更是独特，在阳光下熠熠生辉，仿佛一串有着七种颜色的珠子在那里若隐若现。

虽然花颈鸽在我的美食诱惑下踏出了飞行的第一步，可这并不代表它已经完全掌握了飞行的本领，相反，在飞行的道路上，它的问题还很多。为了让它提高平衡能力，我每天都会花时间帮它锻炼，比如让它站在我的胳膊上，我频繁地舞动手臂，而它为了站稳，只好不停地张开翅膀、合上翅膀，张开翅膀、合上翅膀……如此循环往复，就可以很好地提升它保持平衡的能力。但我能教它的也就只有这些了。你大概会问我为什么这么心急，那是因为它开始学飞时就已经迟了，而且每年从7月开始，印度就会进入漫长的雨季，如果每天都下雨，鸽子就不能长途飞行了。所以我才希望尽快训练好它飞行的能力。

在我和鸽子爸爸、鸽子妈妈的共同努力下，这一天终于到来了。

那天吹的是北风，风很大，携带着北太平洋的水汽，吹走了城里的闷热和躁动，空气里一片清凉。下午三点左右，风停了，我爬上屋顶的水泥墙，眺望远处。此时，空气依然十分清新，湛蓝色的天空

第二章 学习飞行

像宝石一样干净、通透。远处的乡村、果园，近处的屋顶、天地，一切尽收眼底，让人心旷神怡。花颈鸽也陪我一同站在水泥墙上，我在眺望着远方，它在悠闲地晒着太阳。就在这时，午后去远处散完步的花颈鸽的爸爸刚好飞了回来，落在它身旁。看到花颈鸽悠闲的样子，当爸爸的恨铁不成钢，对着儿子咕咕地叫了一通，仿佛在说："臭小子，你都快满三个月了，却还不敢飞。你到底是只鸽子，还是只钻泥巴的虫子？"花颈鸽把头调向另一个方向，居然对爸爸的训话没有任何回应。这着实惹恼了鸽子爸爸，它的咕咕声更加急促了。花颈鸽只好往后退去，想要躲开不停唠叨的爸爸。可是，鸽子爸爸这回并不打算轻易地放过它的"笨"儿子，所以步步紧逼，最后把花颈鸽逼到了墙角边。就在这时，还没等花颈鸽反应过来，鸽子爸爸突然将自己的整个身体朝幼小的花颈鸽撞去，花颈鸽闪避不及，忽的一下从墙角掉了下去。我心头一紧，连忙扑到墙边去查看花颈鸽的状况——噢！了不起的鸽子，它并没有像我担心的那样摔下去，不，确切地说，它是掉下去了，但是只下落了不到1英尺[①]，它就张开了翅膀，像真正的鸟儿那样飞了起来！这对它，对鸽子爸爸、鸽子妈妈，还有对我而言，都是非常具有纪念意义的一刻啊！鸽子妈妈正浸在楼下的水中洗澡，这时它也赶紧飞了上来，和儿子一起飞行。大概绕着屋顶飞了10分钟后，它们降落了下来。鸽子妈妈和平常一样，十分自然地收起翅膀，稳稳地落在屋顶上。而花颈鸽就不那么顺利了。初次学习降落的它，就像一个不小心踩进了水坑里的孩子，全身发抖，两脚慌里慌张地猛踩在屋顶上，手忙脚乱地打着滑，为了保持平衡还不停地拍打着翅膀。最后它终于停稳了，翅膀像收起一面扇子一样收了起来，虽然因

[①] 1英尺=0.304 8米。

为惯性，它的胸口撞在了墙上，但从它停稳后扑向鸽子妈妈那轻快的样子，我还是可以猜到，刚刚学会飞行的花颈鸽是多么的兴奋。鸽子妈妈爱怜地看着扑过来的孩子，用胸脯轻轻地蹭着儿子的脑袋，好像是在安慰，又好像是在表扬。圆满完成任务的鸽子爸爸，却并没有飞过去和它们团聚，而是转身飞到楼下洗澡去了。

第三章
辨别方向

　　人类学习潜水，即使再困难，只要坚持下去，潜水员最终能克服恐惧，不再害怕跳进深水中去。花颈鸽亦是如此，随着时间的推移，它的飞行能力有了很大的提高，开始尝试飞到更高、更远的地方。现在花颈鸽在降落时，再不像之前那样需要通过不断地拍打翅膀来保持平衡了，而是像它的父母一样，先俯冲，再减慢速度，然后缓缓地落到地面上或者屋顶上，动作流畅，姿态优雅。

　　花颈鸽刚开始飞行的时候，鸽子爸爸、鸽子妈妈总是陪着它一起飞。接着，它们开始不远不近地飞在花颈鸽的前面或是正上方。你也许会说，显然鸽子爸爸、鸽子妈妈是在为花颈鸽不断地更新飞行目标，敦促它飞得更高、更远。起初我也是这么认为的，但后来发生了一件小事，让我明白了，鸽子爸爸、鸽子妈妈的苦心可不仅仅在于此。

　　那段时间，花颈鸽飞得越来越高了。有时候我站在房顶上朝着天空望去，只能看到它模糊的轮廓。鸽子爸爸、鸽子妈妈还是不紧不慢地在小鸽子的上方陪同着，只不过由于它们飞得更高，远远望去就只剩下两坨黑影了。因为头望得太久的缘故，我的脖子有些酸痛了，于是我决定调整一下姿势，视线不自觉地往地平线看去。而这一看却吓了一跳：一个分分秒秒都在不断变大的黑点正朝我这边快速移动，那速度简直可以和离弦的箭相媲美。我可以确定这不是什么普通的鸟类，因为在印度，鸟儿都是呈曲线飞行的，而眼前这个东西的飞行轨迹却是一根笔直的直线。这究竟是个什么东西呢？

　　很快，我的心里"咯噔"了一下。如果我没猜错的话，那应该是一只隼——一种视力非常好、飞翔能力极强的肉食猛禽——而此刻，它正飞向我的方向，哦，不，是正朝着小花颈鸽扑过去！我赶快仰起头，看到了不可思议的情形：鸽子爸爸正一个接一个地翻着跟头，向小家伙所在的位置下降，鸽子妈妈也急速盘旋着向它飞去，就在隼离花颈鸽只有10米远的千钧一发之际，它们终于赶到了孩子的身边，一左一右地护在小鸽子的羽翼两边。三只鸽子汇成一条线，整齐地向下俯冲，成功地避开了隼的第一次进攻。见惯了大风大浪的隼怎么会被鸽子们的伎俩吓退，继续向它们冲过去。三只鸽子此刻异常默契，马上一起再次一头扎了下去，隼又扑了个空，而且由于向下攻击的冲击力比水平方向要大很多的缘故，隼在惯性的作用下冲出了老远。鸽子们继续在空中盘旋，同时不断地加快向下降落的速度。60秒，50秒，40秒……它们离屋顶的距离越来越近了。于是，隼准备放弃了，它改变了方向，不再紧跟着鸽子们下落，而是调头飞往高空。后来听人们讲，这其实是隼的惯用伎俩。因为如果它飞得足够高的话，猎物们就会放松警惕，对于头顶上空的敌人和敌人的羽毛被风吹动的飒飒声，选择视而不见充耳不闻。果然，花颈鸽一家以为危险已经过去，于是

第三章 辨别方向

明显降低了下降速度。在我也正准备收起观察隼的视线时,那家伙忽然夹紧双翼,从高空猛地一头扎下来。按照物理原理,它从高处携着自身的重量迅速往下降落,就能在短时间内笔直地扎在鸽子身上。幸好这一幕被我捕捉到了,情急之下,我用平时召唤鸽子的特殊方式向它们发出了警报——将拇指和中指合在一起放到嘴巴里,用力一吹——我聪明的鸽子们立刻很有默契地响应了我的哨声。它们加快了往下俯冲的速度,然而隼也是步步紧逼,离鸽子们的距离越来越近。很明显,它的主要攻击对象就是花颈鸽。一秒一秒,一寸一寸,隼离它们越来越近,现在,只有不到20英尺[①]了,我都能看见它那吓人的爪子。怎么办,怎么办,急死我了。面对这样的情况,它们难道真的就不能做点什么拯救自己吗?就在我几乎绝望的时候,鸽子们忽然不再往下俯冲降落,而是大大地盘旋了一圈,然后向上飞去。隼来不及多想,也赶紧跟着它们调整了自己的飞行方向。而鸽子们接着又飞出了一个更大的椭圆形。通常情况下,如果一只鸟在空中转着圈儿飞的话,它的目标方向要么是向内直奔圆心,要么是向外逃离圆圈。鸽子们这样不停地飞着越来越大的椭圆形,那只隼不知道鸽子们真正的意图,被弄糊涂了,朝椭圆形中心飞,在鸽子们飞出的大圈里绕了个小圈。鸽子们抓准时机,一看到隼转身背对它们,立马一个猛子扎了下去,朝着屋顶急速降落。但隼毕竟是猎场老手,也迅速地跳出了鸽子们的圈套,果断调整方向,紧追不舍地朝着猎物们追来,它动作迅速,反应敏捷,与闪电相比也毫不逊色。而它的猎物们还是领先了一步,在紧要关头一个快速转弯,成功地降落到了屋顶上。我赶快张开胳膊,让它们飞向我的庇护范围。终于,安全

[①]20英尺=6.096米。

花颈鸽：一只信鸽的传奇

了！那一瞬间，我能够清楚地听到隼那强劲有力的翅膀在空中穿透风而发出的尖啸声，我们的距离实在是太近了，它尖啸着飞过，离我的头顶只有1英尺[①]，我甚至能清楚地看到它眼睛里愤怒的火焰，还有它颤抖的爪子，就像毒蛇的芯子一样。或许是出于对人类天生的恐惧，它还是没有选择向我扑过来，而是尖啸着在屋顶上盘旋了几圈后，嗖地飞向了远处的天空。

这次死里逃生之后，我开始训练花颈鸽辨别方向的能力。一天，我带着它们一家三口来到城东，早上九点准时将它们放飞。在我计算好的时间内，它们安然无恙地回到了我家房顶的鸽舍里。第二天，我又带它们到了城西，城东和城西到我家的距离是一样的，所以，它们也不出意外地在我计划好的时间内回到了家中。就这样训练了一周，我发现，只要是在离我家屋顶15英里[②]的范围内，不管从哪个方向将它们放飞，它们都能准确无误地按时飞回家里。这让我很是欣慰。

但世上的任何一件事都不是一帆风顺的，就在我对鸽子们的未来充满美好的憧憬时，一个意外的发生，让我终身都为之悔恨不已。

看到鸽子们在城里已经能够自如地掌握回家的路线和方向了，我决定带着花颈鸽和它的父母到更广阔的地方见见世面。为此，我选择了坐船出城，沿着恒河顺流而下，这应该是一条不错的线路。

天刚亮我们就出发了。太阳还没有露出地平线，只隐约可见几片白色的云朵，在南风的吹拂下缓缓飘动。我们乘坐的是一只运粮船，稻米顶上堆着嫣红金黄的芒果，看上去仿佛落日的余晖红彤彤地映在积雪的山峰上。

---

①1英尺＝0.304 8米。
②15英里＝24.139 5千米。

第三章　辨别方向

时下正值6月，季风盛行，天气变化无常，有时候前一分钟还是艳阳高照，后一分钟就是暴雨倾盆了，这本是在印度人人知晓的常识，而我却因为出行太过兴奋，没有将这个重要的因素考虑周详。所以，当天气变化的苗头刚刚出现时，我心里有些慌了，担心这次训练鸽子的计划落空。那时候船才出城20英里①，风突然从低柔变得呼呼作响，最后把我们船上的一片帆都扯了下来。

为了不使计划落空，我决定和时间来一次比赛。于是，赶在暴风雨之前，我一意孤行地将三只鸽子放飞了。此刻风已经越来越大，

---

①20英里=32.186千米。

鸽子们想要迎着风冲上高空就显得尤为困难了，因此它们一直贴着水面超低空飞行。虽然看似举步维艰，但勇敢的鸽子们并没有放弃，一直这样坚持着，坚持着，拐着"之"字形逆风前进，就这样过了十多分钟，它们终于抵达了河对岸。眼看它们就要飞入河岸边的那片村庄时，意外发生了。暴风雨比我预计的时间提前到来，天地之间瞬间一片漆黑，瓢泼大雨倾盆而下，除了眼前的雨柱和偶尔划过天空的闪电以外，我眼睛里什么都看不见了。那一瞬间，我非常绝望，我知道，是自己的心急和鲁莽害了那三只勇敢的鸽子，它们也许会永远离我而去了。

狂风暴雨中，船差一点被掀翻，幸好我们当时行驶到了一个村庄附近，在村民的帮助下，我们的船成功地靠了岸。第二天一早，我坐火车回到家，刚走到家门口，就发现了房顶上有两只鸽子的身影。我心头一乐，赶紧跑上房顶去与它们相聚。可是，房顶上只有两只鸽子，我沿着屋子周围找了几圈之后，不得不接受一个我不愿面对的事实：还是有一只鸽子没能回来——鸽子爸爸——而这一切，全都是因为我。一连几天，我们全家都处于极度悲痛的气氛中，就像失去了一位真正的亲人。上天似乎也感受到了我们的难过，一连下了好几天雨，仿佛在和我们一同哭泣。那几天，只要雨势稍减，我就会跑到房顶上去眺望天空，希望天上的某个角落会有一个黑色的影子，那或许就是鸽子爸爸正努力地飞回来与妻儿团聚的身影。

然而，无论是我，还是翘首以盼的花颈鸽母子俩，都没能等到这一刻的到来。

第四章
喜马拉雅山之旅

　　每年进入雨季,为了躲避那接踵而至的炎热,我们一家人都会去喜马拉雅山避暑。而这一次,我们决定带着花颈鸽母子俩一起去。

　　在世界上最高的山峰——珠穆朗玛峰的正对面,有一座叫大吉岭的城市,它位于印度的东北角。我们从大吉岭出发,和一支商队一起度过了几天悠闲自在的旅行。在到达一个叫德恩谭的小村子后,我们就暂时留在了这个海拔10 000英尺①的地方。如果是在美国,或者是在欧洲像阿尔卑斯山那样的地方,10 000英尺②的高度肯定会积上了厚厚的雪,但这里没有。因为我们是在印度,一个赤道附近的热带国家,

---

① 10 000英尺=3 048米。
② 同上。

更何况，喜马拉雅山地处27°N，因此即使它的高度高达10 000英尺①，也还没到雪线呢，不但没有雪，而且山麓丛林密布，动物繁多，一片生机盎然的景象。但是，一到了9月份，这里气温就会骤降，以至于很多居民不得不选择背井离乡，搬到南方去。

让我简单描述一下我们的住处吧。我们住在一间石砌的房子里。房子下面有一条大峡谷，里面种满了茶树。远处，几座山峰巍然屹立，其轮廓清晰可见。山峰与山峰之间又包围着许多小峡谷，谷中散布着片片稻田，其间还种植了不少玉米和果木。极目眺望，再远一点的地方竟然还有一大片山岭。当地人告诉我们，那片山岭终年绿树环绕、一片葱郁，其背后更是别有洞天——屹立着珠穆朗玛峰、马卡鲁峰、干城章嘉峰等海拔数千英尺的世界著名山峰。那些山峰被白雪覆盖着，看上去圣洁无比。清晨，当第一缕阳光射向大地，这些神秘的山峰就被唤醒了，一座连着一座，从地平线上直指云霄，跟着越来越强的太阳光一起赫然映入人们的眼帘。白雪皑皑的峰顶反射出的霞光，红得像祭坛上的鲜血。

很多外国游客一直对喜马拉雅山心生向往，常常不远万里跋涉至此来瞻仰它的圣景，但大多数人都只能看到终日被云雾环绕的白茫茫的一片，因此失望而归。其实，只有清晨才是欣赏喜马拉雅山美景的最好时间，因为在那之后，云彩就会氤氲而上，将整座山脉层层遮住。

虔诚的印度教徒自然知道在合适的时间起床，一大早洗漱完毕后，面朝远方，凝望着对面的山峰，同时在心中默默地祈祷。事实上，这些神秘圣洁的山峰向来人迹罕至，很少有人类涉足其间，所以，这里是最超凡脱俗的所在。如此圣洁的地方，是祈祷的最佳选

---

①10 000英尺＝3 048米。

第四章 喜马拉雅山之旅

择。所以，每一个外国游客在了解实情之后，就不会再抱怨，甚至宁愿再次跋山涉水返还。也有一些外国游客有缘得见清晨的珠穆朗玛峰那令人心生敬畏的美景，在他们中间更是流传着这样一种说法："珠穆朗玛峰是不能看上一整天的，因为凡人的眼睛怎能受得了如此壮美的景象呢？"

正如我之前提到的，7月是印度的雨季。在群山横亘的大山深处更是如此，暴风雨时常不期而至，四处肆虐。因此，想要经常瞻仰霞光中银装素裹的珠穆朗玛峰几乎是不可能的。然而，高贵圣洁的喜马拉雅山，也经常会调皮地打破天气和季节的常规，偶尔从肆虐的风暴中露出一簇坚冰；有时又从皑皑积雪中露出一团白色的火焰；还有的时候，白茫茫的山峰被阳光照射得一片透亮，亮得可以刺瞎人的双眼；更多的时候，风起云涌，积雪翻动，山脚到山峰，群魔乱舞，乱成一片。

来到这里以后，我认识了两位非常重要的朋友——拉吉和贡迪亚[①]。在这里我首先要给你们介绍一下他们，因为这两人对叙述后面的故事非常重要：拉吉，16岁，是一名婆罗门祭司。贡迪亚，是专门向我传授丛林知识的老师。贡迪亚是这里最优秀的猎人之一，我们都管他叫老人家，因为没有人知道他的真实年龄，连他自己也说不出个确切的数字。在贡迪亚的教导下，我真的学到了不少的丛林知识，了解了许多动物们的生活习性，同时，他还偷偷告诉了我许多不为人知的森林里的秘密。

接下来还是回到"鸽子"的话题上吧。来到德恩谭之后，在欣赏美景的同时，我也没有忘记训练鸽子这件大事，大山和森林可是训练方向感的好地方。所以，只要不下雨，我就会带着花颈鸽母

---

① 又译作贡德。

子俩外出。有时候是去树林，这个季节的林子里长满了冬青树和香脂树，味道清香；有时候是去某个山岭，我们甚至爬到过这片山岭的最高峰；有时候是去某个寺庙；当然，还有其他一些贵人的家里……到了目的地，我就召唤着它们飞往高空，然后自己也立刻启程往家赶。无论我走得多快，每次都要等到天快黑了才能回到德恩谭的家中。而这时，花颈鸽和它的母亲早已经在家里等着我了，每次都是如此，从无例外。

这里的晴天很少，但只要碰上晴朗的天气，我都会和拉吉、贡迪亚一起外出散步。贡迪亚不仅是个"丛林通"，而且在运动方面也是一把好手。有了他的帮助，我和拉吉的步行能力都有了很大的提升，我们甚至有些爱上了远足。即使整个7月只有五六个晴天，我们依然风雨无阻。自然，无论何时我都没有忘了我的鸽子。在这样的雨季，我们人类淋点雨倒没有什么，可是鸽子翅膀打湿了就不好飞行了，因此，为了避免它们被雨淋到，我很少把它们放在鸽笼里，而是在自己的上衣内衬里给它们留了专属的位置，这样，不管外面风有多大，雨有多猛，都不会对鸽子造成影响。在这期间，我们拜访了各个种姓的山民，他们的相貌很像中国人，礼数周全、举止优雅、待客热情而慷慨。

不知不觉我们在这里已经待满了一个月。近距离的远足已经不再像起初那样具有吸引力，为此，我们决定向北进发，来一次远距离的长途旅行。就这样，我们一路上经过了锡金土司的城堡、辛格里拉美丽的喇嘛庙，最后竟然走到了一处鹰巢的附近。值得一提的是，庙对面有座著名的法卢特峰，其盛景的确名不虚传。与之相比，鹰巢附近就显得冷清多了，随处可见的是光秃秃的花岗石，只有悬崖边上散布着一些低矮的松树和冷杉，好在朝北望去，还依然能看到珠穆朗玛峰和干城章嘉峰的身影。

第四章　喜马拉雅山之旅

来到鸟之王者的领域，就有了让我的鸽子也飞翔起来的欲望。于是，在这深不见底的断崖边，我们放飞了花颈鸽和它的妈妈。它们似乎也感受到了老鹰们在这里搏击长空的气魄，于是勇敢地振翅高飞，鸽子妈妈飞得尤其高，似乎想让儿子见识一下什么叫真正的飞翔。

两只鸽子飞远了，我们三个讨论着它们在这个高度上有可能看到的景象。我想，看到干城章嘉峰的那两个主峰应该是没有问题的，因为它们的高度只略逊于珠穆朗玛峰。我们即使不能像鸽子那样从高空俯视大地，也可以远远地眺望对面高山的伟岸身躯，这同样让我们觉得深受震撼，仿佛那是神的镜台，威严、神秘，让我情不自禁地在内心深处祷告："上苍庇佑，愿人类永远无法征服这片神圣的净土；愿世俗永远无法沾染这片高洁的领地；愿高山永远如此不可攀越；愿这片土地永远常青。"

很快，花颈鸽母子就飞出了我们的视线，我们也收回了仰望它们的目光，开始朝着近旁的另一个悬崖攀登，因为贡迪亚说，那儿可能有山鹰的巢穴。山鹰是一种栖息于高山草原和针叶林地区的大型肉食猛禽，而喜马拉雅山鹰更是力量和美的完美结合。它们身披一袭棕色的羽毛，浑身上下闪耀着金色光泽，看起来英姿飒爽，威风凛凛。比起观看气势磅礴的喜马拉雅山自然风光，寻找山鹰的这段冒险经历让我感到更加生动有趣。

在贡迪亚的带领下，那天下午我们就找到了传说中的山鹰巢穴。更幸运的是，我们还见到了两只独自在家的白色小雏鹰。可能由于它们实在是太小了，我们并没有见识到传说中山鹰凶猛无比的样子。贡迪亚说，刚出生的鹰毛茸茸的，羽毛呈白色，而这两只雏鹰的身上不仅有一团一团的绒毛，绒毛下还有一根一根的羽毛在隐约生长，所以，它们应该出生有三周了，细细去看，它们的爪子和喙已经有些锋利和坚硬。此时，南风阵阵袭来，迎面吹拂着它们看似娇弱的身躯，但两只小雏鹰并不为之所动，果然是天性勇猛的动物。我很好奇，为什么喜马拉雅山鹰总喜欢把巢筑在山体迎风的一面呢？贡迪亚也表示不知道原因。或许，它们就是喜欢风，身为搏击长空的物种，它们对于强风拂面的感觉一定是心怀独特的感情和敬意。

这个巢穴前部开口很大，而且地势开阔。所以，趁着成年山鹰不在，我们对着这个巢穴仔细地打量了一番。在巢穴入口处，也就是鹰通常降落的地方，大约有6～7英尺①宽，感觉非常干净。不过，越是往里，越给人一种阴森局促、杂乱不堪的感觉：干枯的树枝，血迹斑斑的毛皮和羽毛，以及雏鹰吃剩下的猎物残骸，散落得到处都是。贡迪亚说，通常情况下，成年山鹰不会留下猎物的皮毛或残骸，因为雏鹰力量有限，难以将食物的骨头、羽毛等全部咽下，所以才会出现这样的情况。

尽管鹰巢的四周只长着一些低矮的松树，但各种鸟的叫声却不绝于耳，还有许多不知名的小虫子在杉树丛中嗡嗡作响。数不清的杜鹃花在草地上争奇斗艳，有的花朵足有盘子大小。还有那淡紫色的兰花，静静地盛开着，吸引着有蓝色翅膀的飞虫们纷至沓来，在花丛中闪耀着宝石般的光芒。当然，还有丛林深处的野猫，时不时地低嚎几声，给这片森林增添了几分神秘的味道。

突然，贡迪亚压低声音叫住了我们，并示意我们迅速跑到十几米外的树丛里躲起来。我们刚一藏好，四周的喧嚣声就静了下来。又过了一分钟，小虫子的嗡嗡声听不见了，鸟儿的鸣唱也停止了，甚至吹拂树林的风和林中流动的空气都静止了。这时，由远及近，一声尖

---

① 6～7英尺＝1.828 8～2.133 6米。

第四章 喜马拉雅山之旅

厉的鸣叫划破长空,声调时强时弱,不断反复,透着古怪、神秘的气息。很快,一只体格健硕的大鸟准确无误地降落在了鹰巢边上。于是,原本静止的风又吹起了迎接它的乐章,将它的赤羽拂得飒飒作响。贡迪亚小声告诉我们,看样子,那应该是两只雏鹰的母亲。它的爪子里还抓着猎物,远远看过去,应该是一只大兔子,只是已经被剥掉了皮。雌鹰在巢穴边停顿了一会儿,同时威严地扫视了一下四周。雏鹰们听到母亲归来,从鹰巢深处向外挪了出来。看到孩子,雌鹰这才慢慢地把它那足有6英尺①宽的翅膀收了起来,就像人类折起纸片一样轻松,然后又小心翼翼地收起爪子,因为此刻,两只雏鹰正跟跟跄跄地朝它跑过来,它可不想让自己的爪子刺伤孩子们毫无保护的脆弱身体。鹰妈妈伸长翅膀轻轻一揽,两只雏鹰的身体就被完全覆盖住了。在短短的拥抱之后,雌鹰把猎物放在巢穴边,又把孩子们引到兔子跟前,从猎物身上撕下一些肉来,连着粘在上面的骨头一起塞到雏鹰嘴里,让它们吞下去。

  鸟儿们又唱起了欢快的歌,虫子再次发出窸窸窣窣的动静。看着两只雏鹰和鹰妈妈一起走进鹰巢深处,我们三个也从藏身的地方站了起来。我和拉吉有些意犹未尽,央求贡迪亚过一阵子再带我们来看羽翼丰满的小鹰,贡迪亚不忍心拒绝我们的苦苦哀求,只好连连点头。

  贡迪亚没有食言,一个多月后,我们重返了此地,并且依然把花颈鸽和它的母亲带在身边,这样我就可以帮花颈鸽锻炼一下它的记忆力,让它熟悉一下之前飞过的每一个村庄、每一条河流、每一座喇嘛庙,当然,还有那些只有在这里才能见到的白鹤、鹦鹉、喜马拉雅苍鹭、野鹅、雀鹰、雨燕等动物。这一趟我们不仅回到了鹰巢所在的山

---

① 6英尺=1.828 8米。

花颈鸽：一只信鸽的传奇

峰，而且走到了海拔比鹰巢所在地还高100米的地方。时值秋末，秋风拂过快凋落的，但依旧火焰般鲜红的杜鹃花，擦过几英尺高的树干，在林中不断地发出飒飒声。泛黄的叶子迎着秋风片片飘落，连周围的空气都是悲凉的味道。大概11点钟的时候，我们打开笼子，把鸽子放了出来。蓝宝石般的天空远远望去就像是一张挂在银色山峰上的巨帆，两只鸽子一跃入空中，便迫不及待地向着更高更远处飞去。

  大约过了半个小时，一只隼出现在我们的视线内。它悄悄地靠近两只鸽子，又加速向它们俯冲而去。我在心中暗叫了一声"不好"。还好，鸽子们没有让我失望，它们机警地躲过了隼的攻击，并且毫发无损。与此同时，鸽子们调整了飞行方向，准备朝附近的小树林撤退。就在这时，又一只隼出现了，看样子，它应该是刚刚那只隼的伴侣。跟雄隼一样，雌隼的第一反应也是朝着鸽子猛扑，但仍然以失败告终。见此情形，雄隼有些按捺不住了，不停地朝着雌隼尖叫，好像是在调整战术，果然，雌隼立刻停止了进攻，在原来的位置兜着小圈儿。两只鸽子以为自己暂时安全了，赶紧加快速度向南返回，于是，两只隼开始了新一轮的进攻。这一次，它们从两个不同的方向朝着两只鸽子迅速地飞了过去，不断地缩小着包围圈。要知道，隼的翅膀形状如同屠夫的短柄斧子，只是缺了一个尖，锋利得仿佛可以撕裂空气。一、二、三——它们像两只长矛一般猛地扑了下来！花颈鸽的母亲一个急停，接着突然往上一蹿。这一招成功打乱了隼的如意算盘。隼虽然四肢发达，头脑却很简单，做出判断需要一定的时间。两只鸽子突然飞向了不同的方向，一时之间，它们竟然拿不定主意该去追哪一只了。就在它们思考的间隙，花颈鸽也调整了飞行方向，它看到母亲往上蹿了一下，以为它们此刻的飞行方向是向上，于是猛提一口气，快速地跃上了蓝天。一只隼在反应过来之后很快将它追上，几乎

第四章 喜马拉雅山之旅

要把它罩住了。鸽子妈妈可能是被眼前的情景吓坏了，也可能是担心另一只隼也会去追花颈鸽，于是，为了保护孩子，它选择了一种自杀式的牺牲——猛地朝着两个追击者狠狠地冲了过去。很明显，它成功了。只听见"砰"的一声，三只鸟儿同时停止了飞翔，各色羽毛四散飘落。花颈鸽之前还从来没有遇到过这种情况，所以它变得不知所措，也没有了下一步的飞行方向，于是任由自己笔直落下，最后停在了附近的一个悬崖上。鸽子妈妈的错误举动是出于深深的母爱，可惜它不知道的是，这不仅让它自己送了性命，也让它的孩子处在了巨大的危险之中。

亲眼见了鸽子妈妈的死亡，我们三个都非常震惊和难过。但眼下最重要的还是先找到花颈鸽。喜马拉雅山脉地势险峻，想要找到花颈鸽降落的山崖非常不容易，因为距离太远，仿佛每一座山崖都是一模一样的，实在难以区分。何况此处丛林密布，不排除遇到巨蟒或者老虎的可能。我不忍心让两位朋友为了寻找我的鸽子而冒生命危险，但拉吉似乎看出了花颈鸽在我心中的分量，坚持说要去找，贡迪亚也对拉吉的提议表示赞同，还安慰我说，这可以增加我们的见识。

我们顺着悬崖往下爬，不知不觉来到了一个山谷。这里地势狭窄，空气不流通，弥漫着一股尸体的腐臭。果然，我们定睛一看，发现地面上还零星可见一些新鲜的骨头，应该是某种野兽留下的残羹冷炙。因为有全孟加拉地区最有经验的猎人——贡迪亚的带领，所以我和拉吉都没有被这个场景吓到。过了一会儿，我们又爬到了一个山坡上，坡上有一些大大小小的裂缝，紫色的兰花和嫩绿的苔藓充斥在这些裂缝之间，给我们的攀爬增添了不少的难度。冷杉和树脂的香味在风中扑鼻而来，依然娇媚的杜鹃花时不时地出现在我们的视线中。冷冰冰的空气吹在身上，让我们觉得又冷又饿，感觉前面的路也越来越长。于是，我们决定停下来小憩一会儿。午饭则是一把用水泡软的干豆子。在享用完这顿简单的午餐后，我们全身又增添了不少的力量，于是一鼓作气爬到了目标山崖——出发前贡迪亚推算出花颈鸽最可能的藏身处。离目标山崖越近，我们就越发现这里似曾相识。果然，原来这儿就是7月末我们拜访过的那个老鹰洞。现在，那两只雏鹰已经羽翼丰满，它们正威严地站在鹰巢前面的边缘。就在这时，我们无比惊讶地发现，花颈鸽也在那儿。它跟两只肉食猛禽待在一块儿，不用我说你们也可以想象得到它此刻的神情，是那么的可怜，那么的惶恐。我们想越过两只雏鹰去靠近花颈鸽，可是刚一走到鹰巢的边缘，雏鹰就马上伸出喙来攻击我们。拉吉闪避不及，右手的大拇指没能逃脱其中一只雏鹰的利嘴，还付出了鲜血的代价。有这样两位"小门神"挡在此处，我们只好无奈放弃，最后决定翻过一座更高的山崖去靠近花颈鸽。但刚走了几步远，我们就听见空中有动静，在贡迪亚的招呼下，我们连忙闪身躲到最近的一棵矮松树下，眼看着一只成年山鹰低啸着快速飞过，风驰电掣般，它的尾翼还碰到了我们藏身的这棵矮松树，然后又嗖地飞进了鹰巢。我听着空气里的尖啸声慢慢复归平静，不禁全身一颤，一股难以用言语描绘的刺激感顺着脊骨来回奔流。

　　此处我想特别说明一点，像老鹰这样的猛禽其实并不像人们传说的那样，喜欢把巢穴选在人迹罕至的高海拔悬崖上。相反，对于它们这种身躯庞大的物种来说，空间才是第一要考虑的，空间足够大，它们才能更好地伸展双翼。虽然这样的地方其他生物甚至人类也很容易靠近，但是，凶猛如老鹰般的猛禽，应付那些不期而至的到访者肯定是绰绰有余的。再加上它们并不擅长筑巢，所以，老鹰们通常都会选择某个地势开阔的天然岩洞作为自己的居所，这会帮它们省掉许多麻烦，剩下的就只有"装修"了——随便去树林里叼些枝丫、落叶什么

第四章 喜马拉雅山之旅

的，草草地往巢穴里一堆，就这样，床也有了，下蛋、孵化也不怕没地方了。

以上结论，就是我们两次"偷窥"鹰巢的成果。虽然是"偷窥"，不过因为有了第一次的经验，这一次的观察对我们而言显得非常轻车熟路。何况，这两只雏鹰，还有它们的母亲，也算是我们的老相识了嘛。

看到两个孩子奔过来迎接自己，雌鹰的第一反应还是把自己锋利无比的爪子先收起来——虽然两个孩子已经大到不那么容易被伤到了。然后它又伸开了脚爪，在巢穴边稳稳地站住。两只雏鹰，哦，不，它们已经羽翼丰满，不适合再被叫作雏鹰了，我们还是叫它们小鹰吧——两只小鹰一头钻到母亲张开的翅膀下，不一会儿，又从母亲怀里钻了出来。原来，它们刚刚钻到雌鹰翅膀下只是为了找吃的，可是这一次母亲让它们失望了。两个小东西见此情形，只得悻悻然地走开，跑到巢穴的一边一动不动地坐着，一副生气、委屈还十分不满的样子。

贡迪亚做了个手势，示意我们三个人开始攀登。于是，在接下来的一个小时里，我们像蜥蜴一样一声不吭地翻过了鹰巢上方的山崖。途中，一股强风吹来，鹰巢深处的腐尸臭味一下子扑进了我们的鼻孔，差点没让我吐出来。什么百鸟之王，在清洁卫生方面还不如我家的鸽子呢。

终于，我们来到了花颈鸽的跟前。它见到我们很高兴，可不知道为什么，就是不大乐意进笼子里去，无论我们怎么努力，都是徒劳。我又拿出小扁豆来喂它，见它吃得专心致志，我便试探性地伸出手去捉它。不料，反而惊到了它，可怜的鸟儿挣扎了两下，扑扇着翅膀飞了起来。结果，花颈鸽的声音惊动了巢穴深处的雌鹰，它往外看了看，抖了抖喙，下方林莽中的喧嚣声马上就低了很多。不好，雌鹰一定是要准备起飞了！我想，这次花颈鸽可能真的在劫难逃了。说时迟，那时快，雌鹰真的扑到了花颈鸽的身上，但不知出于什么原因，雌鹰停在小鸽子身上后就没有了进一步的动作，又过了一会儿，它振翅而起，凌空远去。我情不自禁地吐出一口气。花颈鸽这次一定也被吓得不轻，它在原地剧烈地挣扎了一下，然后一跃而起飞入空中，很快我们就搜寻不到它的身影了。

之后，天就完全黑了下来。我们别无他法，只好先在附近的一片松林中安顿下来。第二天一大早，贡迪亚就告诉我们，如果他的推断没错，今天就是两只小鹰试飞的日子。按他的说法，老鹰从不教小鹰怎么飞，鹰族自有一套神秘的法则，知道下一辈什么时候准备好，只要时机一到，成年鹰就会飞走，一去不复返。对此，我们非常好奇，顾不上去追赶花颈鸽，又在这里耗了一天。

果然，雌鹰一整天都没有回巢穴。两只小鹰迎风坐在巢穴边等了一整天，直到天黑，它们终于接受了母亲不再回来的事实，无精打采地缩回了鹰巢深处。那个夜晚对两只小鹰而言一定很特别，对我们而言，也是一生之中难以抹去的记忆。

事实上，我们这一晚过得很安稳。因为我们所处的位置海拔很高，猛兽很少在此出没。要知道，像老虎、豹子之类的四足猛兽，一般都是在低处活动。为什么呢？难道因为它们怕高？当然不是。那是因为青草、树苗和多汁的嫩枝都生长在河岸边，而这些又是羚羊、鹿、野水牛和野猪等动物喜欢的食物，于是，以捕食上述动物为生的猛兽们（山猫、巨蟒和雪豹等少数几种动物除外）也就只好在河岸边、谷地等低处出没了。这里虽然地处高山高原地带，人们会饲养牦牛，但牦牛一般不会大群地来到海拔这么高的地方，所以在这里，山

第四章 喜马拉雅山之旅

羊反而成了我们偶尔能见到的体形最大的动物了。

虽然没有大型动物的骚扰,但我却被清晨那刺骨的寒气冻醒了。辗转反侧,依然难以入眠,我顺势把毛毯往身上一裹,坐了起来。此刻天还没有完全亮,于是我睁大眼睛想要努力看清周围,可视线范围内,除了黑,还是黑。我又侧起耳朵,在这静寂的黑暗中,人的心里通常会充满紧张感,就像一面绷得紧紧的鼓,哪怕是最细微的呼吸声,也能让鼓呻吟出声。隔了一会儿,我听到秋天的落叶被踩陷的声音在空气里突然炸开,那可能是一只山猫从不远处的树枝上跳下来弄出的声响。然后,一切又复归沉寂,就像一颗被投入水中的石子一样,弄出一点声音,然后是更加神秘的寂静。我觉得自己已经被这寂静团团包围了。慢慢地,星星一颗接着一颗地沉下去,黎明之前的黑暗完全笼罩了大地。

此刻,我清楚地听到从鹰巢方向传来几声异响。等了一会儿,天空露出了第一缕曙光,借着微弱的光线,我终于看清楚了,原来是两只小鹰在梳洗,此刻它们睡眼惺忪,正在用喙慢条斯理地捋着自己的双翼。又过了一会儿,它们开始缓缓地朝洞口挪动,尾羽拖在地上,发出沙沙的摩擦声。最后,那声音越来越大,仿佛就近在我们耳旁。我连忙环顾四周:原来,此刻天已大亮,鸟儿们都在争先恐后地出巢,近处,我们的头顶上方有几只一闪而过的鹳鸟,还有一大群飞行有序的白鹤。远处,牦牛的低哞一声接一声地传来,那声音,和它们的犄角一样尖利,仿佛能立刻戳穿一面大鼓的鼓面,自然也撕裂了当下的寂静。还有另外一群不知名的鸟儿,正叽叽喳喳地唱着属于它们自己的歌。最后,一道白光划破长空,照亮了干城章嘉山脉,也照亮了马卡鲁峰,远远望去,还能看到一圈巨大的彩虹般的光环在它身后闪耀,即使是其他一些海拔略低的山峦,也在阳光的照耀下呈现出白茫茫的一片。世间万物的形态、颜色看得越来越清楚，连树叶和果实上的露珠也竞相反射出白色的光芒。酝酿了这么久，太阳终于耐不住性子了，它将积蓄了一晚上的能量喷薄而出，将银装素裹的地平线染成了血红色，远远望去，仿佛一条燃烧着的火线。

拉吉和贡迪亚也早就醒了，此时也都站了起来。拉吉出生于世代祭司之家，每天早上醒来都会用他们祭司独有的语言向太阳神祷祝：

噢，你这沉默中盛开的东方莲花，

生长在人迹罕至的古道上，

沿着神秘而圣洁之路，

来到金色尊贵的神的宝座前，

你将我们的膜拜奉上，

呈给和你一样沉默的慈祥的神明。

听到拉吉的祷祝声，两只小鹰被吓了一大跳。但它们没有朝我们发怒，也没有立刻缩进巢穴深处，只是不安地扇动了几下翅膀。

拉吉的祷祝一结束，我们又赶紧找了棵小矮松隐蔽起来，以方便观察小鹰的一举一动。雌鹰依然没有归来，因此小鹰们的早餐也就没有着落。它们一直保持着同一个姿势站在洞口，眼睛时而凝望天空，时而扫视一下鹰巢下方。我想，它们一定是在搜寻父母的身影。很遗憾，父母的身影一直没有出现。不过，它们倒是见到了不少别的动物：天空中并排飞过的白色野鹅，它们正朝着远处积满冰雪的山峰进发；鹰巢下方涌过的成群鹦鹉；还有山崖下时不时跑出来的松鸦，它们的个头已经有蜂鸟那么大。贡迪亚说，那些鸟儿应该是正在向南迁徙的途中，或许昨晚在附近的山涧过了一夜。很快，所有路过的飞

第四章　喜马拉雅山之旅

鸟变得越来越小，小得只有甲虫那么大，然后渐渐消失在天空中。就这样过了一个又一个小时，两只小鹰一定是饿极了，开始在巢穴里躁动起来。我们能清楚地听到鹰巢里传来一阵阵的争斗声，直到两只小鹰中的一只突然离开了鹰巢，看样子它似乎还气呼呼的。接着，它开始往崖顶上爬，越爬越高，但是并没有用翅膀帮忙。此时已经过了正午12点，我们一边吃着东西一边讨论着，我说，留在巢穴里的那只小鹰很可能是妹妹，因为从体形上看它比另一只小很多。在鹰哥哥离开后，鹰妹妹一直顶着风站在那儿，望着远方，神情有些忧伤。我前面已经介绍过，喜马拉雅山鹰没有一只不是迎风而立的，从生下来开始，直到学会飞行，甚至直到死亡。

又过了两个小时，鹰妹妹等得不耐烦了，它也勇敢地跨出了巢穴，开始去找它的哥哥。此刻，鹰哥哥正迎风站在悬崖高处，一见到来寻找自己的妹妹，它的眼睛瞬间就亮了。终于又有伴儿了——它很高兴，似乎饥饿感和即将独自去觅食的恐惧也减轻了不少。前面我已经说过，小鹰的父母是不会教小鹰如何飞翔的，因为小鹰的父母们知道，等到了恰当的时机，小鹰终会在饥饿的驱使下张开翅膀。而那时候，小鹰的父母就会忍痛撇下自己的孩子，然后一去不复返。

鹰妹妹吃力地爬了半天，终于爬到了哥哥身边。但是，崖顶的狭小空地对于两只快要成年的小山鹰来说，多少还是有些局促。推推搡搡之间，两只小鹰在原地失去了平衡，鹰妹妹的体重差点把鹰哥哥撞了下去，就在这时，鹰哥哥本能地张开了翅膀，一阵风顺势将它向上托起，它伸长了爪子，想要抓住地面，但已经来不及了，因为风已经将它送离地面很远，于是，它顺势拍了拍翅膀，身子不自觉地升高了一些。很快，它似乎就已经掌握了飞行的窍门，甚至开始学会压低尾羽——它的方向舵，一会儿转向东边，一会儿转向南边，然后又往东飞过来，还从我们头顶上扫过，即使它飞得那样高，我们依然能听到风在它羽毛间的细语。在它越升越高的时候，一种庄严的寂静笼罩了四周：虫儿们不再喧嚣；狡兔们赶快躲进了洞穴——如果它们在这附近的话；树叶也停止了跳舞。四周一片宁静，万物都在仰望着这位新的霸主，亲眼见证它如何凌空而起，直插云霄。

它必须往高处飞，因为只有在高处，它才能找到自己需要的东西。哪怕是飞在800到3 000英尺①的高空，鹰也能清楚地看到一只在地上奔跑的兔子，而后它会迅速地收拢翅膀，呼啸着像闪电一般从高空扑下。老鹰飞翔时发出的声音会把可怜的小动物吓得不知所措，无法动弹，任凭自己的天敌以迅雷之势向自己袭来，直至被利爪刺穿。

看着哥哥飞向了高空，也许是害怕孤单，也许是受到了鼓舞，鹰妹妹也猛地张开了翅膀。和鹰哥哥一样，风顺势将鹰妹妹高高托起，一直等到它能在半空中自由地飘浮，渐渐地，它也领略到了飞翔的秘诀，拐着"之"字形向着鹰哥哥不断靠近。还不到几分钟，它俩就从我们的视线内消失了。

现在我们也该离开这个地方继续去寻找花颈鸽了。茫然四顾，我们突然没有了方向，不知道花颈鸽会飞往何处。或许是它曾经去过的哪一座喇嘛庙？或许是它曾经停留过的某位贵人的住处？又或者它已经自己回到了德恩谭？谁知道呢，我们只能一处一处地寻找下去。

---

①800到3 000英尺＝243.84到914.4米。

第五章
喜马拉雅山见闻

我们一行人继续沿着山路前行，不知不觉中，我们进入了一处荒草丛生的峡谷，那里看起来十分荒凉，没有一点生机。忽然，我们发觉天色骤然暗淡下来，大家都很惊奇，因为那时还不到3点钟。后来我们才发现，那是山峰挡住了光线，形成了这样的暗区。我们在阴冷的环境中加快了脚步，继续前进。在我们又下行了三四百米之后，气温升高了一些，但是很快天就黑了，气温又开始下降。我们只能停下来，借宿在路边的一座喇嘛庙中。庙里的喇嘛们非常好客，慷慨热情地接待了我们。但是，他们似乎不大愿意和我们交谈，只在带我们到房间去的时候简单地说了几句话。整个夜晚他们都在冥想，连走路的时候也不例外。

我们在山壁上开凿的小石洞里安顿下来，这里的视野非常好——

对面是一大片绿油油的草坪，一直蔓延到天际。借着灯笼映照出来的暗黄光线，我们找到了一些干草垫，其他的就只剩冰冷的石头墙壁了。但由于赶了一天的路，大家都太疲惫了，所以也顾不了那么多，很快就都进入了梦乡，如同婴儿睡在了母亲的怀里。这个夜晚过得很快，4点左右，我就被一阵脚步声吵醒了。我爬起来跟了上去，先是走下一段陡峭的石阶，又爬上一段石阶，直到眼前突然照射过来一束明亮的光线，我才猛然发现，前面就是喇嘛庙正中的神龛！在这个巨大的石窟里面，有一块巨石悬在上方，把石窟隔离成一个三面开放的洞穴。在神龛面前，有8位喇嘛正在打坐。他们把灯笼放在一边，盘腿坐着，神情安然而又慈祥。暗黄的灯光在他们饱经风霜的面庞和藏蓝色的长袍上来回跳跃，仿佛嬉戏的孩童。

领头的喇嘛转过头，低声对我说："几百年来，我们夜夜都这样为沉睡的人们祈祷，祈祷他们不要失眠，享受美梦。因为人们在睡眠中处于无意识状态，所以我们要在这时来祈祷，让他们在梦中净化他们的思想，等清晨醒来之时，人们就能带着洁净和善良勇敢的心态去迎接新的一天。你愿意和我们一起来为他们祈祷吗？"

我忙不迭地点头答应。我跟着他们一起打坐，祈求菩萨保佑世间万物。从那时起，一直到现在，在每一个醒来的黎明，我都会回忆起那群隐居在喜马拉雅山中的僧人，想象他们就坐在我面前，为睡梦中的男男女女祈求思想的宁静。

很快，天就亮了起来。迎着第一缕晨光，我终于有机会仔细地观察周围的环境。我惊讶地发现我们打坐的地方竟位于一条裂谷边上，脚下就是令人毛骨悚然的悬崖绝壁。在晨曦中，庙里的铃声接二连三地响起，叮铃叮铃地形成一篇动人的乐章。喇嘛们迎着晨光顶礼膜拜。之后，就像一声胜利的号角一般，太阳喷薄而出，将光明洒向大

第五章 喜马拉雅山见闻

地，给万物带来生机。

等到早餐的时候，我和拉吉、贡迪亚又汇合到了一起。照管我们用餐的喇嘛告诉我："昨天，你的鸽子也是在这儿过夜的。"接着，他大致描述了花颈鸽的形态特征，跟实际情况几乎一致。

贡迪亚惊奇地问他："你是从哪里知道我们在找一只鸽子的？"

喇嘛的神情从容淡定，他依然闭着双眼，语气安详地回答："这不算什么，不用多问，我只需要用我的眼睛就能看出你在想什么。"

拉吉更诧异了，赶忙追问道："你是怎么看出来的？"

喇嘛回答道："如果你也能每天用4个小时以上的时间坐下来为天下众生祈福，十余年后你也会拥有我这样能够参透人心的能力。另外，你的鸽子来这里留宿，我们给它喂食，同时也驱散了它内心的恐惧。"

"我的天啊，您还驱散了它内心的恐惧！"我惊叫起来。

喇嘛淡淡地点了点头："是的，我第一次看到它的时候，从它的眼神里看出了它的惊恐。我把它放在胸口，用我的心去感化它，让它平静，恢复先前的勇气。昨天早上放飞它的时候，它的眼神无比坚韧和刚毅，以后应该再也不会被恐惧所征服了。"

贡迪亚恭敬地问道："大师，您说的太玄妙了，能否给我们赐教一二？"

喇嘛依然淡淡地回答："这位施主，我知道你是猎手中的精英，想必你一定明白一个道理，那就是除非先被对方吓倒，否则无论是谁——人，亦或是动物，都不会因为敌人的猛烈攻击而殒命。你看，有时候野兔能够逃脱猎狗和狐狸的追捕，那是因为它们没有因为危险而恐惧。恐惧就像烟雾，蒙蔽人的心智，恐惧也像麻药，让人的思想大意。同样的道理，只有不被恐惧吓倒的人或动物，才能淡定地面对一切危险，最终死里逃生。"

"您说的我都明白，但是，您是怎么让一只不会跟人交流的鸽子摒除恐惧的呢？这太让人不可思议了！"

面对拉吉的困惑，喇嘛慢慢回答道："心无所惧，日夜安心，那么你触碰过的一切也会被你感染，从恐惧中释然。在过去近20年里，不管是言行还是心念，不管是在清醒时还是在梦中，我都没有过一丝一毫的恐惧。我用我的这双手抱过你的鸽子，它的心中就不会再有恐惧感。你的鸽子很安全，任何危险和困难都不能使它降服了。"

他的语气抑扬顿挫，他的语调淡定和缓，我被深深地折服了，同时真切地相信我的花颈鸽安全了。怀着兴奋和期待，我们向这些虔诚的佛教徒道别，继续向南进发。在这个地方住了一晚后，喇嘛们在我的心里种下了一个深深的信念：如果每个清晨我们都能为他人真心祈福，我们就能让他们的心灵得到净化，自己的心灵也会得到洗礼。这样，人们就能满怀勇气和爱而开始新的一天。

告别了喇嘛们，我们一路下行，赶往德恩谭。一路上，气温逐渐升高，风景也越来越迷人。只是没能再见到鲜艳的杜鹃花，因为高山上的秋意还不曾蔓延到这儿，所以，无论是深红、金黄的树木，还是樱紫、赤铜的森林，都不再出现在我们眼前。相反，一路上伴随着我们的，是被风儿吹落的花粉，星星点点地撒在苔藓上，像是一个个小天使散落在人间。露水挂在雪白的曼陀罗花上，在阳光的照射下闪耀着迷人的光彩。树木也越来越茂盛，高大得让人心惊胆战。高高尖尖的竹林直冲天空，展示它无穷的生命力。藤蔓植物布满大路小径，阴森森的，像是魔鬼的爪牙。林中有些知了，吱呦吱呦地叫得人心烦意乱。松鸡咕咕的叫声在林子里也是随处可闻。不时地，会有一群绿鹦鹉从某个隐秘的角落突然飞起，斑斓的羽毛在日光下闪耀着动人的光

第五章　喜马拉雅山见闻

彩，很快又消失在墨绿色的灌木丛中。一团团挥舞着天鹅绒般靓丽翅膀的蝴蝶在花间漫舞，一只只小鸟四处追逐着仓皇逃窜的飞蝇。我们不时遭到毒针细长的蚊虫的叮咬，还得当心路面经过的毒蛇。还好贡迪亚对这些动物的生活习性非常熟悉，不然我们早就命丧黄泉了。每走一段距离，贡迪亚就趴在地上听听周围的动静，看看有没有异常情况，好让我们时刻远离危险。他轻声告诉我们："前面有一群野水牛在觅食，我们等它们先走了再行动吧。"没过多久，我们就听到野水牛群穿过灌木丛的声音，既沉重又可怕，像是有一把巨锤敲打着地面一样。正因为如此，我们更加懂得要争分夺秒地前进，连午饭的时间都压缩到了半小时之内。最后，我们来到了一条小小的河谷中，即将成熟的红黍、青色的橘子和金黄的香蕉若隐若现，半山腰上盛开着一大片一大片的金盏花，山势再高一些的地方还绽放着紫罗兰——如果没猜错的话，这多半是锡金边境。

　　就在这时，一幅令人终生难忘的景象出现在我们面前。在这条曲折的商道上面，滚滚的热浪在空气中投射出彩虹般的光彩。突然，仿佛惊天霹雳一般，一大群鸟儿从我们面前扑腾起来，钻进丛林中。它们的羽毛看上去像是孔雀尾羽的颜色，就像燃烧的火苗。贡迪亚告诉我们，这就是传说中的喜马拉雅雉。只隔了几分钟，又一大群形态相似的鸟儿飞了起来，只是颜色和刚才的鸟儿有些差异，不再五颜六色，反而和泥土十分相像。我困惑地望着贡迪亚，想听他解释一下这到底是怎么回事。

　　还没等我开口，贡迪亚就看出了我想问的问题，于是笑着说道："你没看到吗，幸运的孩子，刚刚一定是有个商队从这儿路过，车上装满了大袋的粮食，有一袋破了个洞，漏出些粮食来，引来这些鸟儿来争食。见我们突然出现在面前，它们就惊慌地四处逃散了。所以你们才会见到这雉鸡飞舞的壮美画面。"

"但是，为什么第一群雉鸡五彩斑斓，而第二群雉鸡却黯淡无光呢？"我继续问道。

他又解释说："第一群五颜六色的是雄雉鸡，第二群羽毛颜色暗淡的是雌雉鸡。每种动物都有属于它们自己的颜色，或是易于藏身，或是易于捕食，这都是大自然赐予它们的珍贵礼物。雄雉鸡浑身都是斑斓的色彩，十分容易被发现，很可能会因此而丢失性命。"

拉吉高声惊呼："啊？那雄雉鸡岂不是很可怜？"

贡迪亚又笑了起来："哦，你小小年纪，还挺有同情心的。其实你不用为它们担心。它们习惯生活在树上，只有在地面变得很热时它们才会下来。印度气候炎热，地表的空气常常被烤得滚烫，气流不停地翻滚，就会折射出各种颜色，正好和雄雉鸡羽毛的颜色相似。这样一眼望去，往往只看到五彩的空气，却看不到雉鸡。你看，我们刚刚就差点踩到它们了，这就是大自然的魅力。"

"我明白了，"拉吉再次问道，"那为什么那些雌鸟是土褐色的呢？另外，它们为什么没跟雄鸟一起逃走？"

贡迪亚回答道："这就是雉鸡们的生存法则。当敌人对他们发起攻击的时候，雄鸟会冲在前面，直接面对敌人的进攻。当然，这样的牺牲也是为了它们的下一代，不仅仅是绅士风度。由于雌鸟的颜色近乎泥土，所以当雄鸟跟敌人激战的时候，雌鸟们就会伸开双翅来护佑它们的下一代。它们整个都趴在地上，纹丝不动，完全和周围的环境融为一体，难以辨别。等敌人追赶落败的雄鸟时，雌鸟就会带着幼鸟藏进附近的灌木丛，这样一来，它们就脱险了。即便是幼鸟长成，离开了母亲的怀抱，雌鸟还是会时不时地趴在地上，做出保护幼鸟的姿势。对于它们来说，这种自我牺牲和保护幼鸟的习性早就根深蒂固，

第五章 喜马拉雅山见闻

成为种群的传统。你瞧，我们刚发现它们的时候，它们不也是这么做的吗？后来，发现我们并不构成威胁时，它们才飞走了。"

"哦，原来如此。"我和拉吉异口同声地答道，都觉得长了不少见识。

天色渐暗，我们借宿在了一个锡金贵族人的家里，他的儿子和我们是朋友。在那儿，我们发现了更多花颈鸽留下的痕迹。花颈鸽来过这里好几次，对这里非常熟悉。因此，再来这儿的时候，它十分放松，吃饱喝足之后，还特意梳理了自己的羽毛，才满足地离开。看到它遗落下的那两根天蓝色羽毛，就可以想象得出它是如何悠闲地用喙梳理着自己的翅膀。而对于我来说，在见到这两根羽毛之后，心里甭提有多高兴了，因此那晚美梦连连。其实睡得如此之好，还有另外一个原因，那就是贡迪亚提醒我们，一定要好好休息，因为从明天起我们就要在密林里过夜了。

第二天晚上，当我坐在丛林深处的树顶上时，总是忍不住回想前一晚锡金朋友的家，那里是多么舒适惬意啊。

试想一下，长途跋涉一整天，晚上还要在危机四伏的丛林里过夜，那是一种什么感觉！贡迪亚告诉我们，必须找到足够粗壮的树才行，否则大象路过稍微磕碰一下，树就折断了。并且，这棵树还要足够高，以免大象伸长了鼻子骚扰到大家的休息。全部符合这几个条件的就只有菩提树了，由于菩提树很少在高海拔地区生长，因此我们花了半个多小时才找到这棵让我们满意的树。

在找到这棵合意的树之后，我们三人搭成人梯，贡迪亚在最下面托起我和拉吉，我在最上面，好不容易抓住了一根大约有人腰杆粗细的树枝。我小心地爬上去，然后把绳梯放下来，拉吉和贡迪亚也都先后爬了上来。这时，我们才发现，大树底下已经漆黑得跟矿井一样，还有一对绿色斑点在附近闪动。贡迪亚惊叫道:"嘿!要是我们多在下面待两分钟,就会成为那个满身斑纹的家伙的晚餐啦!"哇,真是好险!

看到猎物就在眼前,自己却够不着,那头老虎气坏了,发出一声雷鸣般的咆哮。那咆哮像是海浪一样冲击着整个树林,周围的小虫和动物们都屏住了呼吸,生怕惊扰了这林中之王。渐渐地,虎啸声离我们越来越远,越来越低,直至消失,周围的一切仿佛都被它的声音凝固了。

我们在树上寻到一处便于落脚的地方安顿下来,贡迪亚先用绳梯把我们三人拴在一起,然后将剩下的一端固定在树枝上。我们挨个儿测试了绳子的结实程度,以防有人睡着后从树上滑下来,摔到地面上。我们都知道,人睡着的时候身体是完全放松的,摔下去的时候就会像块石头重重地落下去。一切都安顿好后,我和拉吉枕着贡迪亚的胳膊,渐渐入梦。

即使我们准备充分,但还是睡得很不踏实,时时都得注意下面的动静。刚刚在我们树下的那头老虎已经消失得无影无踪,昆虫又叫了起来。远处的树上,还不时有巨大的黑影轻轻跃下,沙的一声落在地上,每到这时,虫鸣便会沉寂几秒钟。贡迪亚说,那应该是花豹或黑豹,它们白天在树上睡觉,到了晚上才跳到树下去觅食。

豹子一走,昆虫又恢复了聒噪,青蛙也开始呱呱齐鸣,偶尔还传来两声猫头鹰的尖啸,林间的美丽瞬时像万花筒般绚丽地绽放。各种声音涌向耳畔,就如一缕阳光冷不防地袭击了一双毫无防备的眼睛,让人措手不及,难以适应。有时候,又会突然跑过来一头野猪,莽莽撞撞地把挡在它面前的东西统统折断、踩坏。又过了一会儿,蛙声戛然而止,远远地,我们隐隐听到地面上有什么东西拱进了高高的

第五章 喜马拉雅山见闻

草垛和灌木丛，干草垛被拱了起来，又塌了回去，一阵细若叹息的声音由远及近，越来越大，最后如浪花般席卷而来……最后终于绕过了我们的树。哦，我们长长地舒了一口气！那一定是一条巨蟒，它的皮肤在月色下泛着粼粼波光，我们看得很真切，只能紧紧地趴在树上，屏息凝神，一动不动，装作跟树枝没什么两样——贡迪亚说，如果我们不这样做，那庞然大物就会凭着我们的呼吸觉察到我们的位置。此刻的它正往小水塘方向爬去。附近有一头被树藤缠住了角的雄鹿，它不停地扭动着，挣扎着要重获自由，同时也不断地弄出折断小树枝的声音，那声音很小，和打响指差不多，但在那样的静寂中，依然准确无误地传入到我们的耳中，更不要说比人类听力更加敏锐的动物。果然，雄鹿刚刚挣脱束缚，立刻发出阵阵短促而悲切的惨叫——水塘边的那条巨蟒早已悄悄地爬到它的身边，猛地一下将它团团缠住，并不停地加大围绞它的力度。丛林里的氛围顿时变得更加紧张起来，原本耳边能听到的十几种声音这时只剩下了三种：远处的虫子还在低声吟唱着它们的旋律；雄鹿悲切而又低沉的哀鸣；风声从我们头顶呼啸而过。那之后，象群来了。这支队伍阵容庞大，大约有50头大象，它们来到我们的树下嬉戏打闹。雌象尖而长的呼啸声，雄象沉稳的咕哝声，小象们撒欢儿奔跑的声音……各种声音不绝于耳，充斥在四周的空气中。

　　至于后来还发生了什么，我就不记得了。我实在是太累，终于迷迷糊糊地睡着了，在那段浅睡中，我仿佛还梦到我正面对着花颈鸽，和它交流最近发生的事情。在半梦半醒之间，我被猛推了一下，好像听到贡迪亚的声音在说："快醒醒！我快抱不住你了。赶快起来啊！"我终于完全清醒过来。这才注意到，我们就要遇到麻烦了。有头大象被象群抛下了，这个疯狂的家伙无事可做，就在周围乱搞破

花颈鸽：一只信鸽的传奇

第五章 喜马拉雅山见闻

坏。我们现在所处的位置还不够高,若它伸直了鼻子,还是能嗅出我们的味道的。野生大象对人类既憎恨又害怕,一旦它闻到我们的气味,就算耗费一整天的时间,也要把我们找出来。贡迪亚不失时机地鼓励我们:"注意啦,小朋友们,敌人就要发动进攻了,把你们的机灵劲儿都拿出来,我们会没事的!"

在拂晓微弱的光线中,我们隐隐约约看见一团黑黝黝像小山一般的身影在我们的树下走来走去,奋力攀折着细小的树枝。那些还没有被秋风吹枯的细枝饱含汁液,是这个季节难得的美食。半个多小时后,它突然把两只前脚踩在了一棵巨树的树干上,顺势把鼻子往上一抛。这真是个惊人的举动,把我们吓了一大跳。因为这个巨物已经摆出一副四肢全伸的姿态,显得非常长,毫不费力地就可以够到整棵树的树枝,连树尖上的那些枝条都被它扭断,扯了下来。吃完那棵树的美味嫩枝,疯狂的大象又来到我们旁边的另一棵树下,重复刚才的动作。紧接着,它又看上一棵稍细的树,这一次,只轻轻用鼻子一卷,整棵小树就被它连根拔了起来,它又把前脚踩了上去,那棵可怜的、早已经弯了的树干再也不能承受疯象的体重,咔嚓一声折断了。很快,那棵树上能吃的嫩枝也全被吃掉了。对这头疯狂的大象来说,它只是在享用它的早餐,但这场大闹可把四周的鸟儿和猴子们吓坏了,鸟儿们纷纷从树枝上惊起,飞上高空,猴子们不停地在树间奔逃,还在叽叽尖叫。最后,这头疯狂的大象踩着那棵树的残枝,终于朝我们这边袭来,差一点就要碰到我们安身的树枝了。奇怪的是,它突然尖叫了一声,然后就飞快地缩回了鼻子,像被火烫了一般。它多半是闻到了我们的味道,所有野兽在闻到人的气味后的第一反应都是感到害怕。只见它自言自语地咕哝了几声,好像是在发着牢骚。贡迪亚赶紧对着象鼻连打了几个喷嚏,这一下,这头四肢发达头脑简单的大象被吓坏了，以为自己遭到了人类的围攻，就大声哀嚎着，像丢了魂似的奔向树林深处，它路过的地方，几乎都被夷为平地。之后，猴群也跟着它尖叫起来，还不停地在林间荡来荡去。绿色的鹦鹉在它们的尖叫声中成群结队地飞上天空，远远望去，如同一面迎风起舞的绿色风帆。紧接着，野猪和鹿也按捺不住了，焦躁地用蹄子刨着丛林的地面……各种躁动和喧嚣持续了好长时间，我们才摸摸索索地下了树，继续我们回家的旅途。

　　幸运的是，我们在路上遇到了一支商队。他们热情地和我们打招呼，还让我们骑上了他们的马。夜里，我们终于回到了德恩谭，我们三个都累极了。但是当我们看到正待在鸽巢里的花颈鸽时，所有的疲惫和困倦都烟消云散！睡意蒙眬中，我又想起了那位老喇嘛安然而肯定的话语：

　　"你的鸽子很安全。"

第六章
花颈鸽的出走

令人没想到的是,我们回到家的第二天,花颈鸽又一次离家出走了。它是清早飞走的,一整天都没有回来。又过了四天,依然没有它的任何消息。我和贡迪亚不想再这样徒劳地等下去,决定外出看看,不管它是死是活,我们都非要找到它不可。

为了保证速度,我们选择了骑行。在通往锡金的道路上,我们不停地在沿线的村子里停留,一是向村民问路,二是打听花颈鸽的消息。令我们感到欣慰的是,这一路上我们时常都可以得到关于它的消息:有一次碰到一个猎人,他告诉我们花颈鸽在一座喇嘛庙里,正兴高采烈地和居住在屋檐下的燕子玩耍呢;有一次碰到一位僧侣,他告诉我们花颈鸽在锡金的一座佛堂里,正热火朝天地和在河边筑巢的野

第六章 花颈鸽的出走

鸭们聊天呢；还有一次碰到了几个村民，他们说花颈鸽曾和一大群燕子从他们村子的上空飞过……

听了大伙的指点，我们去了寺庙，到过佛堂，也经过了村落。我们甚至还爬过锡金的最高点。那时我们已经连续赶了好几天的路，身心都有些疲惫了，不想再冒着夜色前进，于是我们不得已在那儿露宿了一晚上。刚睡下不久，我突然被某种笼罩一切的紧张感惊醒了。我回过头去看那两匹马，此刻它们正笔直地站在一边，四腿僵硬，连尾巴也一动不动。我们点的篝火还没完全熄灭，月亮也还没有完全西沉，所以，我隐约可以看到它们肃穆的神情，它们的耳朵一动不动，应该是在竭尽全力地倾听着什么。我闭上眼睛，也学着它们的样子聚精会神地倾听。虽然什么都没有听到，可是，我却有了一种很清晰的感觉，我感觉到某个神秘的神祇或许已经悄然降临在我们的周围，虽然他没有发出任何声音，可那光洁的月光已经见证了他的足迹。他的长袍一定触手可及，我伸出一只手，任月光从我的指缝间倾泻而过，想象这就是那位神祇的衣襟。

慢慢地，我睁开了眼睛。我看到马儿们原本僵硬的耳朵开始扇动，我想，它们一定已经听清了寂静中那神秘的动静。又或者是因为那伟大的神祇已经飘然离去，笼罩在天地之间的紧张气息突然消失，所以空气又开始自由地流动，万物又迸发了生机。在舒爽和缓的气氛中，我甚至能感受到草叶在微风中的细语。但这种轻松的感觉并没有维持多久，我看到那两匹矮种马头朝北方，又做出了起先那样的动作。这一次，的确是有声音传来，连我也捕捉到了，起初像小孩子在打哈欠，接着又像是一声长长的叹息，或者说是一片落叶沉入水底的感觉，最后，才是低沉绵延的祈祷声，将我们从漫长的寂静中拉回到真实的世界。在朦朦胧胧中，我看到成千上万只野鹅呼啦啦地飞上了

4 000英尺①的高空。一看到它们，我就知道光明马上就要降临大地了。于是，我直起身来仰望天空，看星星们慢慢地消失在天际。然后，我放开了马儿的缰绳，任它们自由活动，吃吃草，或者活动活动筋骨。

　　黎明前的黑暗总是很静寂，把周围的一切烘托得有些诡异，即使是最细微的响动，也会让马儿受到惊吓。它们停止了进食，抬起头来搜寻声音的出处。我也很想知道它们又听到了些什么。于是，我瞪大了眼睛，顺着它们的视线看过去。姗姗来迟的晨光照亮了周围的一切形状和色彩，我终于看清，在附近的一棵树上，有两只站在不同树杈上的鸟儿，它们各自抖动着羽毛，如同两个孩童在嬉戏打闹。然后，它们中的一只开唱了，听声音，应该是一只篱雀，它婉转的歌喉把整个大自然都唤醒了。紧接着，别的篱雀也跟着唱和起来，此起彼伏，好不热闹。

　　就在那天，我们骑行到了辛格里拉附近的一座喇嘛庙。庙里的喇嘛告诉我们，前一天一大早，花颈鸽的确来过此处，下午的时候，又和一群南飞的燕子离开了。喇嘛庙、南飞的燕子……果然和之前遇到的那位猎人说的一样。看来，我们寻找花颈鸽的大体方向是正确的。

　　告别了好心肠的喇嘛，我们继续上路。走了一段距离，我忍不住回头望了望：身后，群山正闪耀着异常美丽的光芒，仿佛正点亮着无数的火把。而我们的前方，有一片已经被染上了秋意的树林，金黄的树木、暗绿的苔藓、鲜红的枫叶交相辉映，五彩斑斓。

---

①4 000英尺＝1 219.2米。

第七章
花颈鸽的历险

寻找花颈鸽花了我们整整10天的时间，一路上我们经过了许多地方，发生了不少事情，但我们并不觉得艰辛。因为，事实上贡迪亚在我们出来的第一天就掌握了花颈鸽的大致飞行方向。在前面我已经简单介绍了我们的经历，至于花颈鸽的旅程，还是让它自己来讲述吧。我相信，聪明的你，一定能够充分发挥想象力，体会花颈鸽的世界，理解它的心思。

我们在大吉岭登上火车准备回家的时候，正好是金秋十月。阳光明媚，花颈鸽惬意地待在属于自己的笼子里，开始给我讲述它从德恩谭飞到辛格里拉又飞回来的这一段经历。

"我亲爱的小主人，你通晓那么多语言，也一定能听得懂我的话语吧。你可千万别嫌弃我说话结结巴巴，有时候还词不达意、离题万里，虽然我只是只可怜的鸟儿，可我也想向世人讲一讲自己的故事。

"你还记得那天在鹰巢附近的情景吗？母亲为了保护我牺牲在了那两只卑鄙的隼的利爪下，我亲眼见证了至亲的死亡，我的心里一时有些无所适从，当时唯一的念头就是追随母亲而去。可我又不愿死在那阴险的杀母仇人的爪下。我想，如果身为鸟儿的宿命就是成为别人的猎物，那我宁愿对方是最高明的猎手。于是，我毫不犹豫地奔向了鹰巢的处所。可是，让我感到意外的是，两只小鹰并不打算让我当它们的晚餐。看它们悲痛的神情，多半是没有什么胃口了。于是，我放开胆子和它们攀谈了起来。原来，尊贵如天空王者的它们也和我有着相似的命运：父亲中了猎人的陷阱，刚刚被残忍杀害，母亲出去为它们寻找食物了，大半天都还没有回来。在攀谈中我还了解到，它们从出生以来一直吃的都是动物的尸体，这多半也是它们没有对我下手的原因，谁叫我还活生生地站在它们面前呢？但是，除了这两只雏鹰以外，之后我还见到过许多其他的成年鹰，而它们也无一例外地都不伤害我，这其中的奥妙我就搞不懂了。

"后来你们出现了，手提笼子，准备把我关起来。我知道你们是想带我回家，给我安全和庇护。可是，我一看到你就勾起了我对母亲的伤心回忆，我暂时不想和你待在一起，所以就在你把我抓进笼子之前趁机逃跑了。我一路上漫无目的地飞着，也不知道自己想干些什么，更不知道自己准备去哪里，只是想一直停留在风中。可是，不知不觉地，我还是飞往了德恩谭的方向，还见到了你的很多朋友，并在他们那里作了短暂停留。在那两天的行程中，还出现了一个小插曲——一天早上，在锡金南边的一个小树林上方，我感觉到有什么东西正在我头顶啸叫着，抬眼一看，原来是一只正向我扑来的小隼。当时的我对隼可是恨之入骨，虽然对于大隼我是无可奈何，可是像这种

第七章　花颈鸽的历险

羽翼初成的小家伙也要来招惹我，不被我狠狠教训一顿才怪。于是，我故意放慢速度，等它快速向我扑过来时，我来了个'急刹车'，因为惯性的缘故，它重心不稳，一下失去了平衡，翅膀也不听使唤地挂在了一根树枝上。我连忙趁机飞向更高处。它挣扎了一会儿就解脱了自己的双翅，想要追上来发动新一轮的攻击。我也立刻调整战术，带着它在半空中绕起了圈子。哦，一不留神，我竟然飞到了自己的身体难以承受的高度，觉得自己似乎马上就无法呼吸了，于是我赶紧朝下方迅速迫降。

"在我降落的过程中，那只小家伙抓住了机会，准备再次对我发动攻击。就在那时，我的潜能突然被激发了，我竟然像我父亲那样翻了一个跟头，接着又翻了第二个跟头、第三个跟头……我每翻一个跟头就蹿高一点，成功地避开了隼的多次进攻。接着，我决定发起反击，对着它正面冲了过去。刚刚靠近它的身体，狡猾的隼也改变了战术，它迅速地将身子往下一沉，又迅速地高高跃起，然后在我还没反应过来的时候，就伸出爪子想要抓住我。我赶紧做了一个前翻动作，跃至它身后再狠狠地撞了过去，它躲避不及，再次失去了平衡。也就在那一刻，我突然觉得自己也失去了平衡，翅膀不听使唤了，身上的力气也没有了，仿佛身体下面有什么东西在紧紧地抓住我，把我拖曳着笔直地坠向地面，我突然懂得了那些体形笨重的老鹰在临死前坠向地面的感受，是那样无可奈何，身不由己。幸亏上苍庇佑，在下坠的过程中，我竟然不偏不倚地把整个笨重的身体砸在了那只倒霉的隼的身上。这一下刚刚恢复平衡的它又被砸得晕头转向了，我眼看着它以比我更快的速度落了下去，最后消失在了蓝天下的树林里，幸好我被一棵冬青树挡了一下，才没有像它那样掉下去。

"后来我才搞明白，在我身下紧紧抓住我的，不是什么具体的东西，而是一股气流。后来我还不止一次地遇到过这种情况。虽然我一直没明白那是什么原因，但我总结出，在一些树和河流上方更容易形成一股一股的气流，可能因为它们上面的空气比较冷的缘故。这些气流会把撞上它们的鸟儿统统卷入其中，然后把它们抛上抛下，让它们一直在里面不停地打转，求生不得，求死不能，只能听天由命。其实我对这些气流并不恐惧，也不憎恶，因为它们并没有真正伤害到我什么，而且，第一次遇到的气流还机缘巧合地帮我杀死了一只隼。但我心里很清楚，作为一只以飞行为使命的鸽子，我必须学习怎样在气流中飞行，这样我的飞行能力才能真正地得到提高。

"那天，和隼的交锋结束后，我思考片刻，决定还是赶快飞回家去。于是，告别了救命恩人冬青树，我又开始出发了。幸运的是，在接下来的路程中，我再也没有遇到过一只卑鄙的、想来找我麻烦的隼。

"虽然只是一只羽翼未丰的小隼，但它毕竟是天生的杀手，能从它的手里成功脱身，还和它进行了几下面对面的较量，这让我找回了勇气和自信。再加上回家之后见到你们也回来了，我知道，在见到活蹦乱跳的我之后，我的小主人和他的朋友们就不会再为我是死是活而忧心忡忡了。想起一路上飞回来的经历，我的心里有些后怕，还有一丝兴奋，我突然很想再去飞行一次，也许我还会遇到更凶险的经历，再次碰到游隼甚至猎鹰，谁知道呢？但那至少可以检验我的勇气吧。

"于是，第二天早上，我选择了不告而别。因为，我希望这一次的飞行是属于我自己的冒险，我可不想永远靠人类的庇护生存——正是从那时起，我开始了自己一个'人'的旅行，一路向北，我直奔鹰巢而去。

"第一天，我来到了一座喇嘛庙，因为我很想念那位为我祷祝过的高僧，还有住在那儿的燕子夫妇，它们可算得上是我的老朋友了。

第七章 花颈鸽的历险

之后,我继续北上,一路上飞过了高山,飞过了河流,又途经了辛格里拉,最后终于到达了我的目的地。但那时,两只小鹰已经离开了。虽然不能见到老朋友,但我还是决定既来之则安之,于是就在它们的巢穴里安顿了下来,但那儿真让我觉得很不舒服,那些食物残渣和腐尸的味道让我觉得非常恶心,我甚至觉得它们周围已经滋生了细菌并吸引了无数的害虫。我勉强待了一整天后,还是决定出去过夜,一棵没法遮风挡雨的小树都要比这里强,因为至少不用担心沾染了细菌、害虫而生病。当我从鹰巢飞出来的时候,身上多半是沾上了山鹰的味道,其他鸟儿也因此对我充满了敬畏感,纷纷离我远远的,连隼也不例外,我的虚荣心和自信心就在此刻开始膨胀了。

"第二天早上,我看到一群白色的鸟儿朝着我的方向飞了过来,它们排成楔形队列,在空中飞得非常高。兴之所至,我不经细想,就跃入高空,想和它们攀谈几句。它们对我并不排斥。于是,我对它们的情况有了大致的了解:这是一群飞往锡兰的野鹅,哦,不,确切地说它们的目的地不只是锡兰,而是比锡兰还要远的远方,那儿有洒满阳光的大海,波光粼粼的海面就是它们最终的方向。

"我们一边攀谈,一边向前飞行,一路上野鹅的眼睛始终直视前方的地平线,几乎从没有往下看过一眼。就这样,不知不觉又过了两个多小时,气温逐渐升高,远远地,在天空与地面相接的地方,可以清楚地看到一条苍蓝色的带子,野鹅们也看到了这条'带子'——其实那是一条湍急的山溪,它们临时决定降下去休息片刻。和起飞时一样,野鹅们下降时也排成一条直线,井然有序地依次降落,伴随着此起彼伏的'扑通'声跳进了波光粼粼的溪水中。我跟在它们身后,迎接着扑面而来的大地,紧接着,是蓝色的溪水,哦,不,越接近地面,我越觉得这里溪水的颜色其实更接近银色。我没有跟着野鹅们去浮水，因为你知道的，我没有脚蹼，所以我就干脆待在树上观看它们在水中嬉戏，这让我感到非常有趣。以前曾听你说过，野鹅的喙扁扁的，很丑，这次我终于明白了，它们的喙果然是丑得名不虚传。其实喙对于野鹅，就像钳子对于人类的作用，野鹅们使用喙来叼住食物，不管是水草还是贝类，只要被野鹅的喙衔住了，就很难逃脱被拧成几截的命运，然后这些被拧断的食物会被野鹅整个吞下，再用喉咙用力压碎。我曾经亲眼见证了一只野鹅捕猎食物的手段。那天它站在河岸边，偶尔瞥见了一个小洞里有一条瘦得跟水蛇差不多的鱼，于是野鹅赶紧跳到河里用喙拽那条鱼，它们两个就像在拔河，野鹅把鱼儿的身体都拖得变形了——变得又细又长，甚至血肉模糊，我告诉过你，野鹅的喙很厉害的，所以，它最终还是毫无悬念地赢了！它得意洋洋地把自己的战果叼到岸边的一块干地上，准备慢慢享用自己的劳动果实。就在这时，不知从哪里又跑来一只野鹅，跑过来跟岸边的这只野鹅争斗起来：撕扯、扭打、用脚踹……能用上的动作都用上了。可惜它们不懂得人类的一句经典名言——鹬蚌相争，渔翁得利，一只长相酷似小猫的水獭趁它们打得热火朝天的时候从附近的芦苇丛里悄悄钻了出来，不声不响地把岸边的那条死鱼叼走了。等到两只野鹅反应过来，已经为时过晚了。真是两个蠢货，连我都为它们的智商着急，这样看来，还是我们鸽子聪明呀！

"这边的争斗刚结束，我就听到它们头领那宏伟有力的声音从空中传来。一听到它的召唤，所有的野鹅就像士兵听到了将军的命令，不约而同地用力划水前进，它们的翅膀在向前冲的过程中越来越鼓，接着身体慢慢地离开水面，腾入空中。伴随着一群野鹅翅膀的整齐划一的扇动，空气中响起巨大的飒飒声，然后飒飒声从巨响变得柔和直至静默，天空中能看到的只有它们那如梦如浮萍般的背影，那种感觉

第七章 花颈鸽的历险

真是美极了。

"有只野鹅只顾着捕鱼,没有跟上大部队的脚步。我看到它成功地捕获了一只小鱼,然后又打算找棵树把自己隐蔽起来,好安心地把鱼吃掉。这时候不知道从哪儿冒出了一只鹞子,以闪电般的速度对它发动了突然袭击,吓得野鹅一路惊慌失措地直往天上飞。这时候野鹅群头领的召唤声又不合时宜地响了起来,让小野鹅分了神,它两头难以兼顾,在回应野鹅头领的同时眼睁睁地看着到手的鱼儿从自己的嘴里缓缓飘落,眼看就要被鹞子据为己有,谁知螳螂捕蝉黄雀在后,一只山鹰如落石一般从附近的悬崖上笔直坠下,咆哮着来到鹞子和野鹅的中间,同时挟带着一股强大的气流。这两个小东西此刻哪里顾得上美食,赶紧拼了命地逃向远处。

"那只山鹰稍微一拍翅膀,然后轻轻地伸了伸脚爪,鱼儿就进入了它的囊中。然后,这位天空之王又将翅膀震了震,小腿处那细碎的羽毛如浪花般在风中波动起伏,待它凌空远去,那棕色的盔甲还在太阳的照射下反射着金色的光芒。而远处,那只鹞子还在慌不择路地到处乱飞。这一切都被我尽收眼底,让我觉得有趣极了。

"这时候,我突然觉得有些饿,于是,我绕着四周飞了一圈,想看看这四周的小道上有没有往来的商队,凭我的经验,他们的车子也许会在行进的过程中掉落些谷粒,这样我就可以美美地饱餐一顿啦。我的运气不错,很快就如愿以偿,然后我就在附近的一棵小树上睡着了。

"一觉醒来,下午已经过去一半了,我突然有些迷茫,不知道下一站该飞往何方。这时候,我想起了我的老朋友——给我祷祝的高僧和他寺院里的燕子们。我决定再去和他们见上一面。于是,我振翅一跃飞上高空,前后上下地打探了一番,然后开始朝着寺庙的方向进发。这一路上没有再遇到什么不好的事情,因为我已经掌握了飞行的窍门，知道如何在高空中小心地前进。而且，聪明的我会时不时地往两边瞧一瞧，有时还会扭转头去看后方，防备敌人从后面偷袭我。

"我平安地抵达了寺庙，这时候喇嘛们已经在做晚祷了。他们规规矩矩地站在寺院的四周，开始为落日的余晖下的世界送去祝福。我的老朋友燕子夫妇此刻正在燕子窝边悠闲地打着转，轻轻地哄着它们的三个孩子慢慢合上惺忪的睡眼。看到我的到来，它们一如往昔地热情地欢迎了我。僧侣们也注意到了我的到来，还专门给我提供了食物，那位可亲的老喇嘛又一次把我捧在手心，告诉我慈悲的佛陀会一直庇护我。他的话让我很安心，当我从他的手中腾空而起时，我已经完全不再害怕了。和上次一样，我飞到了屋檐下靠着燕子窝的一个鸟巢里，在黑夜完全笼罩大地、人们开始安眠之时，我也安心地睡着了，尽管十月的夜晚有些寒气袭人。

"第二天早晨，僧侣和往常一样准时地摇响了晨起的铃铛，习惯了这种作息时间的小燕子们也准时起床了，然后飞到巢外去锻炼身体。此时的燕子巢因为沾上了清晨的露水，略微有些寒气，于是，我也和小燕子的父母一起飞了出去，准备去暖和暖和身体。燕子告诉我，它们接下来就要向南方的锡兰或者非洲进发了，甚至会留在那儿筑巢。我对此感到十分惊讶，因为燕子们曾向我解释过，它们要筑好一个巢是非常不容易的。看到我一副求知若渴的样子，我亲爱的朋友就把燕子筑巢的看家本领告诉了我。"

第八章
花颈鸽的历险（续）

"要了解燕子筑巢有多么不容易，我首先得让你知道它们生理上的不足。燕子的喙比较小，嘴又宽又大，这样的结构让它们能够一边飞行一边捕食，少有飞虫能够逃脱它们的追捕。但是由于燕子体型较小，加之腿短，爪子呈钩状，平衡性较差，所以燕子不能够像长腿鸟儿那样四处蹦蹦跳跳。我第一次见到燕子的时候，还以为那是受了伤导致的畸形，很是为它们难过。不过，后来我才明白，'上天为你关闭一扇门的时候总是会为你开启另一扇窗户'这句话是多么的有道理。燕子们这样的腿脚有一个很大的好处，这几乎可以弥补所有的缺陷，那就是它们可以攀援在各种复杂的平面上，比如石头墙的表面、屋檐上，甚至天花板和石膏线周围。这可是其他的鸟做不到的。

"由于特殊的身体构造，燕子们只能在屋檐下的墙洞里栖身，但是它们又没办法将蛋产在那里,因为那里随时都有可能掉落下来。但是燕子终究是聪明的,它们寻到一些飘飞的落叶和秸秆,再用唾液把这些材料一层一层地粘贴在巢里的石头上。要知道,燕子的唾液在风干变硬之后,黏性很强,完全不输给木工们使用的最好的胶水。这就是它们建筑技巧方面的秘密。

"待巢筑好,燕子们就会在这里产下它们的宝贝——白色细长的燕子蛋。接下来的工作就是孵蛋,还记得妈妈曾经告诉过我,在我出世之前,我爸爸非常辛苦,整天守在鸽巢里看着我。在这一点上,雌燕子的生活可就没有我妈妈那样幸福咯。孵蛋的活儿燕子先生从来不做,全都推给了妻子。心情好的时候,它们还会给妻子带点食物回来,但大部分时间,它们都是在呼朋引伴,一群雄燕子一起出去玩乐。我不止一次地劝诫我的燕子朋友,让它们跟鸽子学学,多体谅一下自己的太太,也给它们一些自由活动的时间,但燕子先生似乎只当我是在开玩笑。

"一切准备就绪,在一个凉爽的秋日清晨,燕子们决定开启它们飞往南方的旅程。我一时之间还不想回家,又没有别的地方可去,就决定跟它们一起出发,再四处走走看看。我们并不是沿着笔直的路线飞行,而是一会儿向左一会儿向右地'之'字形前进,但是总体方向保持向南。燕子们每小时能飞行50英里[①],这个速度对于体型这么小的鸟类来说,简直是不可思议。它们喜欢在河流和湖泊上捕食飞蝇和蚊虫,但尤其讨厌森林。因为在飞行的过程中,它们需要向下寻找昆虫,它们的翅膀很容易刮到枝杈而受伤。每每飞行到开阔敞亮的水面上,它们的心情就会特别好,齐齐展开那镰刀形的翅膀,优美地划过

---

①50英里=80.465千米。

第八章　花颈鸽的历险（续）

空中，那姿态几乎和金雕扑向猎物一样优美。此时，它们还能一边在水面上翻飞，一边轻巧地捕捉食物。燕群经过的地方，平日里嗡嗡飞舞的蚊虫和飞蝇几乎会全军覆没。让我都忍不住感叹它们的眼睛是多么敏锐，它们的喙是多么锋利！顺便提一句，燕子们吃东西的时候很急，因为它们担心在吞吃昆虫的时候，可能会有雀鹰从天而降，扑到它们身上来，所以，即使是在喝水的时候，它们也是匆匆忙忙的，只有在掠过水面的时候才会用喙撩起几滴水，飞快地咽下。

"我们就这样飞过溪流，越过池塘……但是，我们每飞一段距离就必须停下来歇息一会儿，即使在开阔的地方也是如此，长时间的飞行对燕子们很不利。如果我们连续飞越一大片水域的上空而不停下来歇息的话，燕子就会因为没办法降低高度而掉到水里淹死。那是一个晴朗的下午，燕子夫妇正忙着在湖面上捕食，而我则主动承担起了帮它们照看小燕子的任务。就在这时，一只凶恶的雀鹰收起双翅，如迫击炮般俯冲下来，打破了午后的和谐。我的第一反应就是保护好孩子们，哪怕我自己的生命受到威胁也在所不惜。于是我不躲不避，朝着扑过来的敌人正面迎了上去。雀鹰也没料到一只鸽子居然会有如此大的勇气和胆魄，因此轻蔑地伸长爪子抓向我的尾巴，其实它只扯脱了我的几根羽毛，还自以为逮住了我，在空中得意洋洋地绕起了圈子。过了一阵子，它才意识到自己扑了个空，雀鹰生气极了，当它向我袭来时，我能感受到它小小的身体中深藏的巨大怒火。此时，燕子们都已经安然无恙地躲到了远处的树上，我没有了后顾之忧，更加自信地接受了它的挑战。而且，我心里非常清楚，雀鹰虽然凶猛，但它的身体实在太小，爪子更小，那样的爪子在我的羽毛和皮肤上是扎不了多深的。几个回合下来，我决定反守为攻，主动出击。于是，我找到一个机会翻身向高处蹿去，雀鹰也追着我向高空蹿去；接下来，我又飞速俯冲，我知道它一定也会跟着我一起俯冲的；然后，我又向高空飞去，它依然在我身后穷追不舍。但这些雀鹰害怕高空，所以它的翅膀慢了下来，我的翅膀挥舞两次，它才能费力地完成一次振翅的动作。见它疲态毕露，我决定不再逗着它打圈，而是要好好教训它一顿。在心里头盘算一番之后，我就开始实施自己的计划。这一回合里，我领着它不停地下降，下降，下降……直到湖水向我们迎面扑来，越来越近，最后就在我一展翅就能碰到水面的那一瞬间，我猛地向前冲出几英尺，飞快地够到一团正在上升的气流，顺势被托了起来。其实我知道，低洼地和山谷里的空气在受热过后会上升，涌向温度较低的高处，我们在需要借力突然向上飞行的时候，这种气流就是最好的辅助了，这是我在上一次和那只小隼的战斗中总结出来的经验。被气流平托起来之后，我连翻了三个跟头，又稳稳地回到了安全的高度。再往下一看，那只可怜的雀鹰果然中计了，它没能赶上气流，现在已经栽进了水里。它在水里浮沉了好长一段时间才爬回到岸边，然后立刻钻进了厚深的枯草叶下，生怕被其他动物看见它的丑态。燕子们见状马上抓紧时间从藏身处蹿了出来和我汇合，然后我们又继续一起向南飞去。

"第二天，我们遇到了一群野鸭。这些野鸭有的和我一样，有着五颜六色的脖颈，而另外一些则是雪白雪白的。如果我没记错的话，这应该是一群流鸭。它们喜欢追逐鱼群，顺着河水漂流而下。漂流到一定的距离，它们就会从水里钻出来，再飞回最初的起点。整个白日里，它们就像梭子一样，反复穿行在这两点之间。野鸭的嘴比野鹅的要扁平些，内侧还有齿状的结构，这样捕鱼时就不容易滑脱。它们似乎对蚌壳之类的东西不感兴趣，或许是这里的鱼类太丰盛足够他们享用的缘故吧。野鸭们喜欢一边觅食一边梳理自己的羽毛，还时不时地

第八章 花颈鸽的历险（续）

扇动翅膀，搞得水面的飞虫都四散开去，所以燕子们并不喜欢有野鸭的地方。不过，对于这群热爱山涧湍流并以此为家的野鸭，燕子们却是由衷地喜欢的，因为大多数鸭子都偏爱宁静的湖水，而这群野鸭显得格外与众不同。

"而且这群野鸭还是热心肠，它们提醒我们要小心一些经常在此地出没的夜行杀手，比如猫头鹰。我们听取了它们的建议，夜晚栖息的时候，尽量藏在猫头鹰难以进入的狭小地方。对于燕子们来说，要在树上找到这样一个地方轻而易举，而我就不那么容易找到合适的栖身之所了。最终，我决定碰碰运气，就在外面过夜。天色很快暗了下来，没过多久，我就什么也看不见了，无尽的黑暗侵占了整个世界。我抱着侥幸心理，祈祷神灵会一直保护我，然后努力地让自己入睡。但是，在寂静的深夜中，猫头鹰呜呜的叫声总会时不时地传入我的耳中，在这样的状况下，谁还能睡得着呢？整整一个晚上我都心惊胆战的。何况还有鸟儿们的哀鸣，一会儿是受惊的鸟儿在哀嚎，一会儿又是印度夜莺在歌唱，虽然什么都看不到，但我却能清楚地感觉到它们在猫头鹰的利爪下相继丧命。我的四周不停地上演着一场又一场的屠杀：一只乌鸦惨叫起来，接着是第二只，第三只……一大群乌鸦在恐惧中飞窜起来，有些还撞在树上送了命。但就算是撞死，也总要比死在猫头鹰的利爪和尖齿之下好一些。接着，真是祸不单行，我似乎又闻到了黄鼠狼的气味。鸽子的嗅觉是非常敏锐的，那一刻，我觉得死亡之神已经近在咫尺了。我绝望地睁开了眼睛，借着一层淡淡的白光，我真的看到了一只黄鼠狼，它就赫然站在前面距离我6英尺①的地方。来不及多想，我本能地选择了立刻起飞，虽然这样会导致被猫头

---

①6英尺=1.828 8米。

花颈鸽：一只信鸽的传奇

鹰猎杀的几率大大增加。果然，一只猫头鹰发现了我的踪迹，马上向我扑了过来，它一边飞一边呜呜尖叫着，紧接着又追上来两只。我甚至能清楚地听到它们扇动翅膀的回声，从回声中我判断出我们的正下方应该是水面，因为水面会将哪怕是最轻微的羽毛震颤声都给反射回来。但是这个时候我的视野有限，仅能够看到6英尺①之内的东西，没办法往一个方向飞得太远。于是我在空中盘旋了一会儿，想遇到一股气流，以便能够越过高高的树枝，悬停在高处。但是，这时猫头鹰们很快就要抓住我了。我连忙一边翻着跟头一边转弯，并开始不断地盘旋，但是猫头鹰仍然紧紧地追捕，我只能继续往高处飞去。此时，月光如水，洒在我的翅膀上，这让我对周围的世界看得清楚了些，也让我勇气倍增。但是敌人还在穷追不舍，它们也跟着不停上升。在它们上升的同时，月光刺进它们的双眼，这样就大大影响了它们的视力。它们变得有些焦躁不安起来，一看到我的影子就立刻扑了过来，这时我用力往上一蹿，天啊，它们扑空了以后竟然撞在了一起，爪子缠成了一团，绝望地扑腾着翅膀，然后如同落石一般坠入了河岸边的芦苇丛中。

"这时我才大大地松了一口气，抬头望向那救了我性命的月光。这时，我惊讶地发现，那不是月亮，而是正在冉冉升起的朝阳。刚才由于太紧张没有分清，错以为是月光了。天色越来越亮，现在林中已经没有多少猫头鹰了，它们正忙着四处躲藏，以躲避越来越强烈的光线。虽然已经脱险了，但我还是心有余悸，尽量避开那些高大树木的影子，谁知道那里会不会还潜伏着一两只猫头鹰呢。我刚在树梢的一根小枝上歇落下来，清晨的第一缕阳光就像箭一样射在了树枝上，接着又幻化成了一

---

①6英尺＝1.828 8米。

第八章　花颈鸽的历险（续）

把金黄色的小伞。阳光渐渐洒满大地，山溪的那头，白色的波浪变幻出五颜六色的光芒，尤如黄鼠狼的眼睛。

"就在这时，我无意间窥见了令我震惊的一幕——两只黑黢黢的乌鸦正在围攻一只猫头鹰。猫头鹰难以脱身，可怜地挣扎着，明亮的阳光刺得它睁不开眼睛。我能够想象得到昨天晚上乌鸦们在猫头鹰手里受的苦，现在轮到乌鸦们报仇了，但我实在不忍目睹猫头鹰被猎杀。于是，我果断飞离了屠杀现场，去寻找我的燕子朋友们。我把整个晚上的经历讲述给它们听，它们都惊讶地望着我，对昨晚也心有余悸，因为整晚它们都能听到各种痛苦的惨叫声，以至于一夜都没有睡着。我告诉它们现在外面已经安全了，它们才从藏身的树洞里飞了出来。我们继续出发，在路过芦苇丛时，我们发现那只可怜的猫头鹰已经死在了那里。

"奇怪的是，那天早晨，山溪边却没有了野鸭们的踪影。看来，它们一大早就出发了。我突然明白了它们的决策是多么的英明，因为在迁徙的季节里，不论是燕子、大雁还是其他鸟群，它们飞到哪里，它们的天敌，比如猫头鹰、隼或鹰之类的，就会跟到哪里，危险也就不约而至。所以我们也决定不再跟其他鸟儿结伴上路。为了避免我们之前遇到的那些可怕的景象，我们朝着东方飞行了一整天，然后在锡金的一个村子里歇落下来。第二天我们又朝南飞了半天，再转向东边。虽然这样的飞行方式费时费力，但是可以避开很多不必要的麻烦。

"有一次，我们遇到一场暴风雨，被大风带到了一个湖泊遍布的地方。也正是因为这次遭遇，我们才有幸看到一处奇观。我那时候刚好落在一棵树的树梢上，树下有一群驯养的鸭子在水面漂浮着，它们的嘴里全都叼着鱼，却没有一只鸭子把鱼吞下去。我还从来没见过能够抵挡住鱼儿诱惑的鸭子呢，于是赶紧招呼燕子一家也来看，燕子们轻盈地落在树枝上看着这些鸭子,几乎不敢相信自己的眼睛——这是些什么鸭子啊!不一会儿,一条小船划了过来,船上有两个黄色皮肤、扁平脸的男子正撑着竹蒿。小船一出现,鸭子们就迅速地朝小船游了过去,靠近船边后,它们争先恐后地跳到船上——你绝对想象不到接下来发生的事情——它们居然把吃进嘴里的鱼都吐到了一个大鱼篓里,然后又钻进湖里,继续捕鱼。就这样周而复始持续了两个小时,它们竟然没有吃下一条鱼!看来,渔夫就是利用这些鸭子来捕鱼的。他们给这些鸭子的脖子上都套了一个环,这个环让鸭子们不能吞下捕到的鱼,所以它们只能全都吐到渔夫的鱼篓里。等鱼篓装满,渔夫才会取下套环,让它们去湖里捕食鱼儿,尽情享用属于自己的美食。

"之后,我们离开了湖泊,去寻找那些已成熟的农田。我们知道,刚收割过的农田上空到处都是飞虫,燕子们可以任意捕食。还有一些散落的谷粒,我也可以饱饱地美餐一顿。在填饱肚子之后,我悠闲地站在稻田边的篱笆上,突然,一阵若有若无的敲击声传入了我的耳中,那种声音很像苍头燕雀正在用喙敲开樱桃核啄吃果仁的声音(请不要怀疑,一只鸟儿那小小的喙就是有坚果夹子那么大的力气,能够敲开任何坚硬的果核)。我四下转悠了一圈,寻找敲击声的来源。结果,在栅栏下找到了一只喜马拉雅画眉,原来敲击声是它发出的。它正在啄食一只蜗牛,哒、哒、哒,画眉使劲地敲击蜗牛的硬壳,蜗牛依然慢吞吞地向前爬。最后,蜗牛爬不动了,画眉抬起头四处看看,紧接着它踮起脚尖,张开翅膀,选准一个点冲蜗牛壳狠狠地啄了三下——嗒、嗒、嗒!蜗牛壳被啄开了,细嫩的蜗牛肉露了出来。可能是刚才嘴巴张得太大,画眉的嘴角渗出了点血,但它才管不了那么多,连忙叼起蜗牛肉向上飞去,消失在一棵树中间。也许在那里,它的家人正等着它带着晚饭回家呢。

第八章　花颈鸽的历险（续）

"为了方便找到食物，剩下的旅程我们都选择在农田上空飞行，那里的飞虫比较多。这一路上都平安无事，唯一值得讲述的是人们如何在森林里捕捉孔雀。你知道吗，冬天温度降低后，当蛇和其他动物开始冬眠的时候，孔雀就会来到温暖的南方寻找食物，而沼泽地又是它们的常去之处。

"有一点你可能想不到，孔雀和老虎这样两个八竿子打不着的物种竟然是彼此欣赏对方的。孔雀爱观赏老虎的皮毛，而老虎则很羡慕孔雀美丽的羽毛。有时，老虎会静静地趴在水边，欣赏树上漂亮的孔雀，而孔雀也会骄傲地伸长脖子，尽情地观赏老虎漂亮的斑纹。然而，无所不在的侵略者——人类出现了，他们知道如何利用这一点来得到自己想要的东西。例如，他们会在一块布上画上惟妙惟肖的老虎斑纹，孔雀们看到后，都会相信这就是老虎。然后，猎人们会在附近的树上做好机关，再悄悄地走开。几个小时之后，一对孔雀走了过来，开始站在树梢上欣赏这张假老虎皮，并且一点一点地靠近。最后，它们终于上了当，居然以为那只老虎睡着了。受假象的蒙骗，两只孔雀壮起胆子，决定飞得更近一点观赏，落在了紧挨着陷阱的树枝上。没过多久，它们就踩中了陷阱。但它们两个怎么会同时掉进同一个陷阱里面去呢？这个问题一直让我百思不得其解。孔雀一落入陷阱，第一反应就是尖叫起来，布置陷阱的捕鸟人闻声赶来，他们提着两个黑色的口袋，分别给两只孔雀套上，遮住它们的眼睛。经验丰富的捕鸟人都知道，一旦看不见周围的东西，鸟儿们就不会再做任何挣扎。然后，他们又绑住孔雀的脚，免得它们伺机逃走。最后，捕鸟人拿出一根竹竿，把两只孔雀分挂在两头，往肩上一扛，大摇大摆地走了，孔雀那长长的尾羽像七彩的瀑布一样从捕鸟人前胸后背倾泻下来。

"至此,我的历险就算是结束了。次日,我和燕子朋友们一一道别,它们还要飞往更远的南方。我在经历了这么多艰险之后,也十分期待早日回到家里。因为,我想请教我聪明的小主人一个问题:为什么鸟儿和兽类之间会有这么多的残杀和伤害?而人类并不总是这样互相伤害的,这究竟是为什么呢?也许,回到家以后我就会得到自己想要的答案了。"

第二部分

第一章
参战前的训练

一回到加尔各答的家中,我们就听到了许多关于战争的传言。大战一触即发,我首先想到的却是鸽子。要知道,即使目前有了电报和无线电,信鸽对于军队依然是不可或缺的。而我的花颈鸽在上次的旅行之后,已经习惯了喜马拉雅山东北部的气候和环境,所以如果真的能被选送去欧洲参战,一定会成为军中一名得力的信使。马上就要到冬天了,我得抓紧时间给它做一些必要的训练。

关于怎样训练军用信鸽,我制定了一套完整的计划。我还把这个计划说给了老猎人贡迪亚听,他也十分赞同。贡迪亚此次跟我们一起回城后,生活很不习惯,这是他第一次来到城市里生活,也第一次见到了有轨电车和汽车(贡迪亚称它为会喷气的马车)——这些东西不但没让他觉得新鲜有趣,反而让他心生畏惧,认为它们比森林里的老

第一章 参战前的训练

虎都可怕。他说:"一个城市的十字交叉路口在一分钟内伤害的生命数目比森林里最危险的一天都多。再见啦!自以为了不起的城市,我还是更喜欢宁静的森林,那儿有高大的树木、新鲜的空气和明净蔚蓝的天空,不会有乱七八糟的电线杆和电报线,也不会有工厂汽笛发出的噪声,更不会有持枪的歹徒和小偷,森林里有的,只是鸟儿婉转的歌声,还有样子凶猛无比、心思简单干净的老虎和花豹。我要回到真正属于我的地方去啦!"

他实在要走,我们也不再强留。不过,在他走之前,我还央求他去帮我买了40多只信鸽,另外还有几只翻飞鸽。这是我专门强调的两个品种,因为它们具有很强的实用性。先前家里也养了像扇尾鸽、凸胸鸽之类的鸽子,经过长时间的相处,我发现我还是更喜欢飞行能力强的鸽种——信鸽。当然,如果你注重观赏性的话,扇尾鸽和凸胸鸽倒的确是不错的选择。

在印度,有一种奇怪的习俗,让我觉得特别不喜欢。如果你卖掉了一只信鸽,只要哪一天鸽子对新主人不满意了,便会离开新主人重新飞回到你的身边,那么它又是你的合法财产了。不管钱多钱少,你甚至都不需要把买家的鸽款退回去。对此习俗我无力改变,只得竭尽所能地对新买来的鸽子加紧训练,让它们爱上我、忠诚于我,免得它们哪天一不高兴就跑回去找旧主人,那样的话我就得不偿失了。现在我给大家详细描述一下我的驯鸽方法。

在它们初来乍到的那几周时间里,我得想办法让它们只能在我家屋顶上活动——最好的办法就是捆住它们的翅膀,让它们飞不起来。这可需要一些高明的技巧:用一根线从鸽子翅膀下的羽毛中一根接一根地穿过,在把整个翅膀的羽毛绕了一圈之后,再依样绕回来。记住,在绕线的过程中,线要始终紧挨着鸽子羽毛的根部,最后再把两个汇合了的线头打一个结,这个过程就像是编织。被捆住翅膀后,鸽子们虽然不能再飞了,但它们依然可以拍打翅膀,也可以不时地用喙给自己的双翼进行按摩,所以这是一种无痛的拘禁方法。而且,你不用把它们关起来,只需要把绑好翅膀的鸽子放在屋顶上,任它们在不同的角落随意地站着,静静地观察新环境里的一切,再慢慢地接受这一切。通常来说,经过15天这样的训练,新来的鸽子就不会再想着回到原主人那里去了。

说到这儿,让我想起了一件与花颈鸽有关的趣事儿。大概是在11月初的时候,因为一次不愉快的经历,花颈鸽把我气坏了。我盛怒之下把它卖给了别人,虽然内心立刻就后悔了,但我还是想试试它能否从线绳的束缚下解脱,解脱之后会不会回来找我。

刚过了两天,花颈鸽的买家就跑来告诉我花颈鸽逃跑了!"怎么跑的?"我心中一喜,这么快就挣脱了束缚,真是只聪明的鸽子。但我还是故作平静,想问问花颈鸽是如何逃跑的。结果对方也说不出个所以然来,只反复强调在家里找不到了。我又问他是否将花颈鸽的翅膀捆了起来。

"当然捆啦。我又不是傻瓜。"听到他的回答,我突然感到一阵恐惧,忍不住口出恶言:"哦,你的确不是傻瓜,因为你其实是一只蠢驴!你把它的翅膀绑住了,它怎么可能飞很远?一定是从你家房顶上不小心掉下去了!你本该先在自家附近找一找,而不是跑来找我!现在耽搁了这么长的时间,说不定它已经被猫弄死吃掉了。你知不知道,因为你的愚蠢,你可能谋杀了人类的信鸽中最耀眼的一颗明珠!"

估计是我的话把他吓慌了,他竟然没有因为我的无礼而生气,反而央求我和他一起去找花颈鸽。我自然是跟着他走,脑子里只有一个念头:我必须得赶在野猫之前找到这只可怜的家伙!结果,找了一整个下午,我们也没有花颈鸽的半点消息。又不知过了多少个小时,

第一章 参战前的训练

不知道穿过了多少条肮脏的巷子——可以说我这辈子都没走过这么多的小巷——即便如此,我还是没能找到花颈鸽的影子。我的心里很难过,更后悔把它卖掉,我想我一辈子都不会原谅自己了。

我拖着疲惫的身体在夜深人静时才返回家中。母亲知道我心情不好,特意在我入睡之前来到我床前安慰我,她说:"放心吧,孩子,你的鸽子不会有事的,等你一觉醒来,说不定它自己就回来了。"

"你为什么可以这么肯定呢,妈妈?"

她看着我的眼睛:"如果你冷静下来,内心安定,你平和的思绪就能帮助它也平静下来。你想啊,花颈鸽和我们的感情是那么深厚,何况在喜马拉雅山之行后它也获得了平静的内心,无论遇到什么情况,聪明的它一定能够凭借镇定的内心和机灵的头脑,克服重重困难,最终回到你的身边。亲爱的儿子,现在就让我们一起祈祷它早日回家吧,而且祈祷也能让我们自己平静下来呀。"于是,在寂静的深夜里,我开始跟着母亲一起祷告:"宁静的万物,平和的神灵,望您将祥和赐予每一个生灵,赐予我们平和与安宁!"

半个小时之后,我真的平静了很多,开始躺下来准备睡觉,母亲在我额头上轻轻一吻:"我亲爱的儿子,神会赐予你宁静与慈悲,今晚你不会再做恶梦了,晚安!"

如母亲所言,那夜我睡得很好。第二天上午11点钟,花颈鸽真的回来了,它慢悠悠地从远处的空中飞过来,眼睛里还有几分得意的神色。

花颈鸽一落在我家屋顶上,还没站稳,就仿佛急不可待地朝着我嚷道:"我亲爱的小主人,你可再也不要把我卖给别人了!我可不愿意待在那样的人家里!他喂给我吃的谷粒居然是生了虫的,水也是脏的。我再怎么说也是有血有肉的生物啊,他竟然一点也不关心我的感受,把我当石头一样来对待!而且,他还拿臭烘烘的鱼线来捆我的翅膀，捆完我的翅膀就把我随意地往房顶上一放了事，一看到他消失在楼梯口，我立刻就拍拍翅膀飞走了。但是，因为被那些臭线捆住了，我在使用翅膀的时候很疼痛，而且使不上力气，没飞多远，我就掉进了周围的一条小巷子里，幸好有一家店铺的遮阳棚帮我挡了挡，才没让我粉身碎骨地摔到水泥地上。我顺势待在遮阳棚上休息了一会儿，希望可以等到救援。结果真的等来了几只燕子和一只野鸽，它们可不像我在喜马拉雅山的动物朋友那样热情，对我的呼救爱理不理，看都不看我一眼就兀自飞走了。最后，居然来了一只大黑猫，当时我的心里就咯噔了一下，你知道的，在我们鸽子心中，猫就是一只长着四条腿的死神。它弓起身子，朝着我越走越近，黄色的眼珠子里仿佛有一团火在跳动。眼看它就要纵身向我扑过来了，我赶紧用尽全身力气猛地一跃，最后成功地蹿过它的头顶，干净利落地跳到了屋檐下的燕巢里，要知道，这二者之间的距离可是有一米多远呢。这个燕巢对我来说显得有些局促，但我还是努力地把自己挂在上面，一直等到那只可恶的猫儿走远。然后，我又用尽全力跳了一米多的距离，落到了稍微开阔一点的房顶上。几番动作之后，我的翅膀更加疼了，为了减缓疼痛，我就开始一根一根地按摩羽毛根部，突然我感觉到有什么东西从我身上滑落了——咦，居然是那根臭鱼线，我赶紧接着按摩，果然，鱼线不断地从羽毛根部滑落，很快整个翅膀都得到了解脱。啊，我简直高兴得要蹦起来了！就在这时，那只黑猫又出现在了房顶上，不过这一次我可不怕它了！我朝它轻蔑地看了一眼，轻轻一跃，跳上了附近的一座高楼，然后在楼顶看着它。只见它弓起身子，飞快地扑住了那根刚刚从我翅膀下滑落的鱼线——原来，这就是吸引它一路跟随我的罪魁祸首。我在高楼顶上找了个舒服的位置，继续按照同样的方法按摩另一边翅膀的羽毛根部，还没把鱼线完全从翅膀下解开，夜色就

第一章 参战前的训练

已经笼罩了大地。这时候猫头鹰应该已经在蠢蠢欲动了,接下来老鹰也会出来觅食,所以我决定先在这楼顶上待一晚,因为我可不想在回家的路上再出什么意外……现在总算飞回来了,我真是又渴又饿。"

因为喜悦和失而复得的激动,看到我亲爱的花颈鸽,我居然一个字也说不出来了。唯一能做的,就是赶紧给它准备新鲜的水和美味的食物。

因为害怕花颈鸽翅膀上的鱼线味儿传给别的鸽子,我还专门把它和其他鸽子隔离了三天,无论是吃东西、喝水、洗澡还是玩耍,都让它单独进行。三天之后,花颈鸽才重新加入其他鸽子的队伍。在此期间,父亲嘱咐我把卖花颈鸽的钱还给那个买家,当时我还有一点不乐意,谁叫他让我的花颈鸽吃了那么多的苦头呢。但现在的我终于认识到,当时听从父母的话是多么正确的决定。两周过去了,对于给新来的鸽子松绑这件事,我还是有些犹豫。我得先确定它们在解开翅膀之前已经喜欢上了我,习惯了这里的生活才行。为了达到这一目的,我可是用尽了全力、使尽了花招啊!我甚至用了上好的黄油来浸泡小米和花生喂给新鸽子们吃,这一工序可得耗费一整天时间呢。幸好鸽子们对这种美味很买账。于是,就这样,我给它们养成了每天下午5点之前必定来找我讨要小米和花生的习惯——虽然每只鸽子每次只能分得12粒,但我这样做也足以吊足它们的胃口。三天之后,我决定正式把它们的翅膀解开,但我仍然留了一手,把时间定在了差一刻5点钟,如我所料,鸽子们在这双翅膀获得自由后的第一反应就是四散高飞,但是,在最初的兴奋过去之后,它们很快又回到了我家的屋顶上,来找我讨要解馋的小米和花生!

很惭愧,在赢得鸽子的信任上,我耍了小小的手段,食欲对于动物而言永远是最难跨越的诱惑,我深知这一点。其实,人类又何尝不是如此呢!

第二章
参战前的准备

随着时间的流逝，新来的鸽子们经过刻苦的训练，飞得越来越远。一个月之后，我把它们带到离家80千米以外的地方练习飞行，除了两只依然眷恋旧主人的鸽子外，其他的鸽子都跟着花颈鸽一起顺利地飞回了我家房顶上的鸽舍里。

看来花颈鸽已经在鸽群中建立了至高无上的领导权，这其实并不是一件容易的事儿。为了这个领导者的位置，花颈鸽必须要和另外两只实力相当的雄鸽展开一场公平的竞争。在我饲养的这群鸽子里，除了花颈鸽以外，希拉和加赫尔也是两只非常优秀的雄鸽。加赫尔（在印度语中意为黑钻石）是一只翻飞鸽，羽毛像纯色的豹子皮一样黑得发亮，它向来温和谦逊，唯独对花颈鸽不肯让步。希拉（在印度语中意为钻石）是一只信鸽，它的羽毛白得如同皎洁的月亮，它常常为此

第二章 参战前的准备

感到十分骄傲。大家都知道，鸽子不仅喜欢聒噪不休，还特别爱炫耀自己。在我家屋顶上，每一只雄鸽都自命不凡，每天昂首阔步，不停地向其他鸽子咕咕着自己的骄傲。也许在它们心中，自己就是真正的国王，它们飞过的土地都是它们的领地。不过，其他雄鸽都曾败在花颈鸽、希拉和加赫尔的手下，所以，如果说每一只雄鸽都是国王，那花颈鸽、希拉和加赫尔就是国王中的国王，是拿破仑，是亚历山大大帝，是凯撒。它们三个，才是真正势均力敌的对手。

　　加赫尔的配偶是一只羽毛漆黑如炭、眼睛如红宝石般美丽的雌鸽。有一天，习惯了四处吹嘘的希拉又跑到加赫尔的配偶面前炫耀自己漂亮的翅膀，咕咕叨叨地说着些废话。很快，加赫尔就不知从哪里飞了过来，朝希拉猛扑过去。希拉也被激怒了，凶狠地回击，两只鸽子谁也不肯让着谁，脚爪和喙同时出动，还不停地用翅膀扑打着对手。看到它们混战成一团，其余的鸽子都躲得远远的，生怕伤害到自己。只有花颈鸽站在高高的屋檐上，俯视着它们，它目光冷静，好像自己就是这场决斗的裁判似的。大战五六个回合之后，希拉获得了最终的胜利。它十分得意，趾高气扬地跑到加赫尔的配偶面前，咕咕叫着，似乎在说："这位女士，你的丈夫是个懦夫。你看我是多么的英勇不凡啊，哈哈哈！"雌鸽完全没有被希拉的嚣张所震慑住，轻蔑地瞥了它一眼，然后和自己的丈夫一起比翼齐飞，回到鸽舍里休息去了。希拉见自己居然被一只雌鸽蔑视，感到非常沮丧，而此刻加赫尔已经回巢，它的怒火无处发泄，于是就转头朝一旁的花颈鸽扑了过去。花颈鸽被扑了个措手不及，刚一遭到希拉的攻击时，差一点被撞倒。希拉继续乘胜追击，打得无辜的花颈鸽东倒西歪，花颈鸽只好找了个机会逃离此地。没想到，希拉这一次好像并不打算轻易地善罢甘休，它追着花颈鸽在空中打转，我几乎都分不清谁是谁，只觉得空中就像是有两只正高速转动着的陀螺，同时还伴随着双翅相击的啪啪声，凌乱的小碎羽也不停地从空中飘落。它们一会儿抱成一团，一会儿同时跌落到房顶上，简直就像两个毫无风度、只知道用尽全力撕扯的泼妇。花颈鸽可能意识到这样一直不分胜负不是个办法，于是改变了战术。它找了个机会从希拉的爪子里挣脱出来，再次冲到高空中。希拉也飞快地扇动着翅膀，跟着飞了上去。聪明的花颈鸽等的就是这一刻，只见它瞅准时机，突然从高处猛地朝希拉扑了过去，然后伸出一把利爪，紧紧地掐住了希拉的喉管——它使用的，正是老鹰捕猎的战术——紧接着，花颈鸽有力地扇动着翅膀，如同炮弹一般打在对手身上。哗！希拉的羽毛瞬间如雪花般飘落。两只鸽子在羽毛的暴风雪中继续争斗不休，最后一起落到了地上。此时它们两个就像暴怒的恶魔，完全失去了理智，只知道不停地攻击对方，不停地四处翻滚着。终于，希拉先停了下来，经过几个回合的鏖战，希拉的一条腿脱了臼，它就像一朵被撕碎的棉花一样倒在地板上。而花颈鸽也并不是全身而退，它颈项和喉管周围的羽毛几乎掉了个精光。无论如何，这一场大战的胜负总算见了分晓，花颈鸽很高兴，虽然它心里也明白，要不是希拉在跟加赫尔的比拼中耗去了一半的体力，自己不一定能赢得了它，但毕竟自己是最终的胜利者。一想到这里，花颈鸽忍不住得意洋洋地拍了拍翅膀。我连忙去帮希拉包扎伤腿。之后就是鸽子们的晚餐时间，群鸽又聚在了一起。鸽子们通常都有着高贵优良的血统，它们不会因为一次的输赢而暗自愤怒，或是怀恨在心。所以，即使是受伤严重的希拉，也绅士一样地接受了自己的失败，愉快地同加赫尔、花颈鸽共进了晚餐。

很快就是1月份了。在印度，每年的1月份气候都很凉爽，天空澄澈如镜，鸽子大奖赛也会在这个时候拉开帷幕。鸽子大奖赛设有三项

第二章 参战前的准备

大奖：团体奖，远距离飞行奖，还有险中求胜奖。参赛的鸽群必须同时赢得这三项大奖才算取得了鸽子大奖赛的真正胜利。很荣幸，我们赢得了第一项团体竞赛，但是，由于一个意外，我的鸽群与另外两项大奖失之交臂。这其中的原委我后面再慢慢给你们讲述。

团队竞赛规则是这样的：来自不同家庭的鸽子首先组成小的鸽群，在主人的哨声和口令中飞行到一定的距离，然后小鸽群汇合成大鸽群，此时它们已经听不到主人的命令和哨声，于是就需要它们选举出一只头鸽来带领它们飞行，选举方式和选举结果完全由鸽子们自己决定，很多时候最后胜出的那只鸽子甚至都不会明白其中的原因。

那天，气温只有12℃，可以说是印度一年中最寒冷的一天，但天气晴好，头顶的天空没有一丝云彩，就像一块价值连城的宝石一样干净。城里的各色房顶远看如同一个个巨人，在多彩的黎明中巍然站立。远处，太阳在地平线上跳跃着，散发着五彩的光芒。近处，房顶上的男女老少身穿各色长袍，在初升的太阳底下做着晨祷。城市的喧嚣打破了夜的宁静，新的一天开始了。群鸦和鸢一起在天空中打着转儿。笛声冲破种种吵闹和人们的喧嚣，悠扬地传到耳边。忽然一声哨响，比赛正式开始了。养鸽人纷纷在自家屋顶上挥起旗帜，给鸽子们发出信号，转眼间，一群接一群的鸽子涌上了高空。乌鸦和鸢见状纷纷给它们让路，天空瞬间被数不清的鸽子占领。鸽群列着扇形队伍，呼啸着直冲云霄，仿佛气旋中不停翻滚的云彩，在空中优雅地盘旋。尽管鸽子们已经飞得足够高、足够远，但养鸽人对自家的鸽群还是了如指掌。甚至当它们已经汇合成了一个大的鸽群，像一面由无数翅膀组成的羽墙，密密实实地竖立在半空中，我还是能辨别出花颈鸽、希拉、加赫尔等十多只鸽子的身影。如果你问我诀窍，我会告诉你，只要在平时饲养它们时留心观察，你就会发现它们飞行的样子各不相同，每一只都有它们各自的特色。如果想引起自家鸽子对主人的注意，你只需用哨子给它们发出信号，但一定要记得哨声要特别尖利并且带有停顿，只要在哨声能传到的范围内，鸽子们都会注意到自己主人的召唤。

当然，当整个鸽群飞到一定的高度，任哪一个养鸽人的哨声都不会再引起它们的注意了。此时，它们不再盘旋飞行，而是在水平方向上飞行，因为，头鸽的竞赛正式开始了。鸽群在空中浩浩荡荡地前进，一会儿向南，一会儿又向西。人们都在自家的房顶上目不转睛地望着天空，急切地想要知道是谁家的鸽子能够博得头彩。有那么片刻，加赫尔似乎得到了这个荣幸，但当它刚刚飞到整群鸽子的最前面时，大部队就改变了方向。和跑马比赛类似，不停地有鸽群挤到前面，又不停地被另外一群鸽子超越，这样的情形不断地重复着，远远望去，鸽群的秩序一片混乱。我渐渐有些心不在焉了，因为我越来越觉得，领袖的大奖会被一只我不认识的鸽子夺去。

忽然，一大片整齐的呼叫声从周围的屋顶上传了过来——"花颈鸽！"——很多养鸽人都在呼喊着这三个字。我连忙顺着人们的视线望过去，哇！花颈鸽此刻已经飞在了整个鸽群的最前面，作为鸽群中最耀眼的头领，它正率领着群鸽跨越蓝天，从西到东，从南到北，鸽子们在人群的尖叫声中越飞越高，几乎消失在了天的尽头！这时，小孩子都被父母强行喊下楼，开始收拾书包准备去学校。到了中午放学回家，我们再一次爬上屋顶，这时我们看到庞大的鸽群正在慢慢降落，如同一堵墙，而花颈鸽依然在带领着它们！这期间可是又过了4个小时啊！"花颈鸽！花颈鸽！"欢呼声再一次不绝于耳。毫无疑问，它赢得了这次比赛，我不禁从内心深处为它感到骄傲。

其实，降落并不是比赛的结束，相反，看似平静的背后往往危

第二章 参战前的准备

机四伏。此刻，巨大的鸽子军团开始解散，在花颈鸽的指令下，鸽子们再次以家的形式聚成小团，向着各家的房顶飞去。这个过程持续时间比较长，因为参赛的鸽子数目实在是太多了，不可能一下子全部解散，所以，在一部分鸽子降落的时候，剩下的鸽子一边在空中等待，一边保持警备状态，以防随时可能出现的紧急状况发生。我家的鸽群排成了一个伞形梯队，被花颈鸽安排在最后降落。这也是鸽王要付出的代价。

事实上，每一次鸽子大赛，都难以避免一种特殊的高潮——秃鹰。在印度，秃鹰又被称为巴兹，是一种外形和鸢很像的肉食性动物，只是它们的翅膀边缘与鸢相比更加整齐规则，这也导致了它们飞行捕猎时更像鹰隼——飞行速度快且凶猛无比，喜欢亲自猎杀鲜活的动物。不过，由于它们行事太过阴险毒辣，秃鹰在我心中就是"一种低贱的鹰"的代名词。它们常常结伴而行，凭着自己的外形隐匿在鸢群中，进而神不知鬼不觉地向猎物靠近。就是这样一种动物，很喜欢在鸽子大赛的时候跑来捣乱。

当其他人家的鸽群安全降落，我家的鸽子也准备陆续从警备位置撤下时，两只秃鹰出现了，它们依然是隐匿在一群鸢的上方，不过，眼尖的我还是察觉到了它们的踪迹，并且及时地向花颈鸽吹响了警告的哨声。花颈鸽立刻默契地把鸽群调成新月形，自己飞在"新月"的正前方领队，加赫尔和希拉飞在"新月"的两只角上形成两个护翼。然后整个鸽群一起提高了速度，朝着我家的房顶急速俯冲，远远看去，它们就像是一只正在笔直下坠的巨大鸽子。

这时，一只秃鹰像从喜马拉雅山的山崖上滚下来的石头，迅速地朝着鸽群扑了过来。只见它频繁地扇动着双翅，飞到和鸽群成水平位置时，径直冲过去。这也是它们惯用的伎俩，而且屡试不爽，几乎

花颈鸽：一只信鸽的传奇

每一次都能把鸽群吓得队形大乱，然后再对落单的鸽子各个击破。但遗憾的是这次它碰到的是花颈鸽这样聪明的对手。花颈鸽向来知晓，一个落单的捕猎者——无论它是多么的勇猛——一般是不会贸然向一个团结整齐的队伍发动进攻的，所以，花颈鸽不慌不忙地指挥着身后的鸽群，缓缓地拍打着翅膀，然后带着整个"新月"从秃鹰的翅膀下斜穿而过，整个过程中鸽群的队形没有一丝紊乱。又飞了100多米，第二只秃鹰赶到了，它采用了第一只秃鹰的战术，花颈鸽依然不慌不忙，也采取了与刚才同样的应对办法。当时两只秃鹰都有点儿猝不及防，因为这是它们第一次遇到这样聪明的头鸽。还不等秃鹰转回身，鸽子们已经开始全速俯冲了。只有短短的600米了，它们马上就能成功了！然而，说时迟那时快，一只秃鹰夹紧翅膀，集中全身力气朝着"新月"的正中急扑而去，这一次它调整的战术起到了一定的作用，原本整齐划一的队伍在恐惧中分成了两半，一半依然飞在花颈鸽身后，一半在惊叫中四散逃窜。在这危急关头，花颈鸽再一次展现出了首领的气质，它指挥着身后的鸽群加快速度，迅速追上了那些逃跑了的鸽子，不一会儿，被冲散的鸽群又集结完毕。但秃鹰也不是那么容易放弃的，马上又杀了回来，它再次调整战术，将火力对准花颈鸽，猛冲过去将花颈鸽与其他鸽子隔离开来。鸽群一下子失去了主心骨，队伍再次陷入一片混乱，而花颈鸽则成了"光杆司令"，但它并没有丝毫慌张，反而愈加镇定，它集中精力，朝着逃跑了的鸽群迅速追去。但狡猾的秃鹰也不会轻易放过它，一只在花颈鸽背后奋力追击，一只迅速扑到花颈鸽面前，截断了它的去路。此时的花颈鸽临危不惧，使出了它家传的独门绝技——翻跟头——只见花颈鸽用力向前一翻，将堵住它去路的那只秃鹰远远地甩在了身后，逃出了两只秃鹰的包围圈。

第二章 参战前的准备

在花颈鸽与两只秃鹰周旋的时间里,其他的鸽子抓住时机,安全地降落到了我家的屋顶上。然而,原本已经脱离了危险的加赫尔此时却有了另外的想法——只见它在马上就要降临屋顶的那一刻突然又翻着跟头往高空飞去——它想要去和花颈鸽并肩作战。此时我才明白加赫尔是一只多么有勇气、有担当的鸽子啊!

原本对花颈鸽久攻不下,现在又有另一只鸽子送上门来,所以一只秃鹰改变了主意,它放弃了对花颈鸽的纠缠,朝着加赫尔飞去。花颈鸽也被加赫尔的举动震撼住了,不过它定了定神反应过来后,马上压低高度去接应加赫尔。只见花颈鸽猛地提高速度,飞着弧形的圆圈赶去与加赫尔会合,其速度之快,可与闪电相媲美。一直追在它身后的另一只秃鹰很明显并不擅长飞圆圈,被花颈鸽带得晕头转向,甚至有些体力不支。但是秃鹰毕竟捕猎经验丰富,它也调整战术,暂时放弃了花颈鸽,转身向高空飞去,把目标锁定在了加赫尔身上。此时,被两只秃鹰围攻的加赫尔陷入了险境,只要一个动作失误,它就会落入任何一只秃鹰的利爪之中。唉!可怜的加赫尔慌不择路,还是做出了一个错误的决定:在秃鹰的下方直线飞行。这时,离它比较近的那只秃鹰立即收起了翅膀,像道闪电一样向它扑过去,快得几乎没有发出任何声音。那一刻,死亡的阴影仿佛离加赫尔越来越近。这时,在我们谁都没有注意到的情况下,花颈鸽突然挡在了加赫尔与秃鹰的中间!秃鹰怎么会放过送上门的猎物,它立刻伸出利爪,迅速地把花颈鸽握在了爪心!我眼看着花颈鸽被秃鹰抓住,心里难受极了,却又不知道该如何是好。秃鹰成功地猎获花颈鸽之后就打算撤离了,只见它在天空中不停地盘旋着,越飞越高。但是花颈鸽并不打算就这么轻易地束手就擒,它在鹰爪中用力挣扎着,碎羽在天空中散落得到处都是。当时我心里只想着花颈鸽,完全忽视了加赫尔的境况,待我

花颈鸽：一只信鸽的传奇

第二章 参战前的准备

反应过来,空中飘着加赫尔亮黑色的羽毛,它也很不幸地落入了另一只秃鹰的掌控中,似乎还被钳制得很紧,连一丝反抗的余地都没有。两只各有所获的秃鹰渐渐合拢一处,像是要帮对方把猎物看得更紧一些似的。就在这时,加赫尔也突然挣扎起来,它的摇晃让两只并排飞行着的秃鹰瞬间撞在了一起,失去了平衡。趁着这个大好机会,本来就被抓得不是很牢靠的花颈鸽挣脱了秃鹰的利爪。伴随着一些脱落的羽毛,花颈鸽慢慢地落回到了屋顶上。它急促地喘息着,抖动着身体,有几处地方还流着血。我连忙抱起它,查看它的伤势,还好不是很严重,只是身体两侧有些伤。我赶紧带它去医生那里,半小时后,医生帮花颈鸽包扎完毕。等我们回到鸽舍的时候,却看不到加赫尔的身影,它的巢里也是空的。于是我爬上屋顶,发现它的配偶正站在护墙上,目光直愣愣地注视着天空,似乎是在等着加赫尔的归来。在接下来的两三天里,它一直以这样的姿势苦苦地等待着它的另一半。它的丈夫是一位真正的英雄,在危急时刻为了拯救同伴而勇敢地挺身而出,牺牲了自己拯救了他人。不知道这样一个事实是不是能让它稍稍感到安慰?

第三章
花颈鸽恋爱了

这一次，花颈鸽虽然伤得并不是很严重，却过了很久才痊愈。它似乎也因为这次受伤而影响了飞行的能力。我试了很多种方法，依然无法让它重新飞上天空。又过了一个多月，它虽然勉强开始飞行了，却只能飞很短的时间，高度也不过屋顶上方10英尺①处。最初我以为是它的身体还没有复原，或者是肺、心脏等器官出了问题，但检查发现这些部位都非常健康。

对此我非常着急，也不能在这个时候对着花颈鸽发脾气，万般无奈之下，我想到了向老猎人贡迪亚寻求帮助，给他写了一封长信，详细描述了那次经历以及花颈鸽现在的状况。但一直过了很久，都没有

---

①10英尺＝3.048米。

收到他的回复,后来才知道,当时他正和几个英国人外出打猎呢。每天,除了等待贡迪亚的回信以外,我就把大量的时间用在了对花颈鸽的观察、探究上。日复一日,我待在房顶上,仔细地观察着它的一举一动,生怕错过任何细节,但它身上究竟出了什么问题,我还是一点都摸不着头脑。最后,我彻底失望了,只好在心里劝导自己慢慢接受花颈鸽不能再飞翔的事实。

又过了半个月,我终于收到了贡迪亚从森林里传来的消息。他说:"你还记得我们在喜马拉雅山那个寺庙里老喇嘛说过的话吗?一切都是源于恐惧。你的鸽子一定是又害怕了,只有驱除它心中的恐惧,它才会再次飞起来。"然而他并没有告诉我驱除鸽子内心恐惧的具体办法,我自己也实在想不出能让花颈鸽重返蓝天的办法。但是,贡迪亚的话还是燃起了我心中本来已经熄灭的希望。我决定继续想办法,一定要让花颈鸽再次飞上高空。有时候,我会去屋顶上,用各种办法哄它,但是,我只能让它从屋顶的一个角落飞到另一个角落,然后它又继续待在那儿不肯动弹了。更令人恼火的是,任何一朵从房顶上飘过的云彩、飞过的鸟群都能让它胆战心惊。毫无疑问,所有从天空中倒映在它身上的影子都让它觉得是潜在的危险,都有可能是一只秃鹰或是游隼,正在朝着它猛扑过来。这样看来,花颈鸽受到的惊吓的确十分严重。我也终于明白了贡迪亚说的话是多么有道理,想要让花颈鸽飞起来,目前最首要的任务还是要消除它内心的恐惧。我想到过喜马拉雅山那位曾经帮助花颈鸽祛除恐惧的老喇嘛,但是喜马拉雅山离得太远,不是说去就能去的,而且城里也没有任何僧人或者喇嘛,看来我只能再想想其他办法了。

很快又是3月份了,春天再次光临大地。在这两个月里,花颈鸽变得更加漂亮了。春天的到来让它换了一身新的羽毛,新羽毛呈海

第三章 花颈鸽恋爱了

蓝色，还很富有光泽，远远看上去，花颈鸽就像一块巨大而深邃的蓝宝石。有一天，我无意中注意到花颈鸽在与加赫尔的遗孀攀谈。这只雌鸽的身体像黑猫眼宝石一般，被阳光照得一闪一闪的，仿佛夏夜里流星划过天空。春天的到来让它从加赫尔的死亡阴影中走了出来，它的眼睛里闪着奕奕神采，煞是迷人。其实，从养育后代的角度来说，它俩的结合并不是最优的配种，但如果它俩能结为伴侣的话，还是利大于弊的，花颈鸽或许能因为爱情的力量而战胜心中的恐惧，而加赫尔的遗孀也有了一个好的归宿。所以，这一次，我决定要成全它们。

为了培养它们之间的感情，我决定把它俩放在同一个鸽笼里，带它们去我的朋友拉吉那里游玩几天。在离加尔各答200多里以外的森林边缘，有一条小河蜿蜒而过，河岸的这边一座名叫盖特西拉的村落就是拉吉的家乡，河岸的另一边则是高大伟岸、树木葱郁、物种丰富的连绵山脉。拉吉家族是村子里世代传承的祭司，到他这里已经传承了整整10个世纪。他们一大家人一直住在本村的寺庙里，那是一座气势宏伟的水泥建筑，建筑物周围被高高的围墙包围着，每天晚上，这里都会聚集很多村民，他们来听祭司拉吉诵读经书，讲解经文。远处的丛林里，咆哮的虎声和大象的怒吼声会不时地隐隐传来，那声音跨过窄窄的河流，越过高高的围墙，与高墙内拉吉诵读经书的声音相呼应，传到村民的耳中。这里是不会有任何危险的。但是，如果你敢在夜晚走出这个村子，走不了几十米，就能碰到某种野兽。这就是盖特西拉，一个美丽而充满危险的地方。

晚上，我们乘坐火车抵达了盖特西拉村。拉吉带着他家的两个仆人来车站迎接我们。一见到我，拉吉的两个仆人就赶紧接过我手上的包裹和鸽笼，又恭敬地递过来一只防风灯。这样，我们4个人前后跟着朝拉吉的家前进，一个仆人走在最前面，另一个走在最后面。不知不觉走了一个多小时，我有些不耐烦了，要知道，我以前也来过这里，完全不用走这么久啊。于是我终于按捺不住问拉吉："我们为什么要绕路呢？"

拉吉回答说："这是因为现在是春天，正是野兽向北迁徙的季节，它们会路过这片地区，尤其喜欢在夜晚行进，我们不能因为想抄近路就在树林里面走，这样就有可能和它们正面碰上。"

"有什么好怕的！"我大声嚷道，"以前我们也走过很多次啊。现在这种绕法，我们还有多久才能到家啊？"

"大约还有半个小时——"

就在这时，一阵连续不断的"呜啊、呜啊"的吼声突然传了过来，可怕极了，仿佛要把我们脚下的地面震裂，又好像火山喷涌那样有力量。笼子里的两只鸽子因为惊恐不停地扑打着翅膀，我也吓坏了，连忙窜到拉吉身边，用空出来的那只手紧紧拽着他的肩膀。不料他看到我的样子竟然哈哈大笑起来，他的两个仆人也在旁边笑个不停。

拉吉一边笑一边说："你不是说走过好多次了吗？怎么还会被猴子们吓到？刚才只不过是它们看到灯光后因为害怕而发出的叫声啊。"

"猴子？"我真是哭笑不得，怎么会是猴子呢？

"那当然啦，猴子在这个季节也要向北迁徙嘛！就在我们刚刚经过的树上，被我们的防风灯一照，那群猴子受到了惊吓，所以才发出叫声。事情就这么简单，以后可别再把猴子叫当成老虎叫了。"

边听他解释边赶着路，时间反而过得很快，不知不觉我们就到家了，幸好途中没再发生什么让我丢丑的事情。

第三章 花颈鸽恋爱了

第二天一大早,拉吉和平常一样,一起床就赶到神庙去做日课。我一个人来到屋顶,把关着两只鸽子的笼门打开。对于新环境,它们起初还有些拘谨,幸好有我的陪伴,还有那浸了黄油的谷物早餐,两只鸽子很快就神态自若地在房顶散起步来。为了让它们尽快地适应这里,减少心中的恐惧和慌乱,我也一直待在旁边,在房顶上陪了它们一整天。

接下来的一周,两只鸽子越来越适应新环境,仿佛盖特西拉村就是它们的故土。同时,两只鸽子之间的关系也越发地亲密了。毫无疑问,给它们时间和地点单独相处是一个多么明智的决定。

到第8天,花颈鸽竟然开始尝试着去追逐雌鸽——哦,不对,现在应该称呼它为花颈鸽的配偶啦。这让我和拉吉都非常吃惊,因为比我们预想的时间快多了。那天,雌鸽在天上悠闲地飞着,但飞得很低,花颈鸽终于忍不住跟了上去。而雌鸽一边回头鼓励花颈鸽,一边不停地往高处飞去。只要花颈鸽跟上一点,雌鸽就会再一次调整向上的高度,这样过了一会儿,花颈鸽开始有些犹豫了,它不再升高高度,而是开始在雌鸽的下方兜起圈子来。即便如此,我依然能感觉到花颈鸽的自信和勇气在一点一点地恢复。又过了一会儿,这位鸽子中的佼佼者终于克服了心中的恐惧,它不再畏惧天空,而是在高空自由自在地徜徉起来,仿佛那儿就是它的家。

翌日,情况有了明显好转,花颈鸽和雌鸽一起嬉笑打闹着,不知不觉间飞了很高的高度。但这一次,花颈鸽又拒绝向更远处飞了,只要离我们屋顶的距离稍微远了些,它就显得非常不耐烦,随之开始降落。我有些不解,但细心的拉吉找到了原因:"你往远处看,那片扇形的云彩把太阳遮住了。花颈鸽一定是把云的影子当成了敌人。只要那片云消失了,花颈鸽就不会再害怕往远处飞了。"

花颈鸽：一只信鸽的传奇

　　果然，那片云彩很快飘向了远方，太阳重新照在了花颈鸽的身上。它立刻恢复了神采，不再急着降落，而是继续在高空中盘旋起来。之前陪着它一起下降的雌鸽此刻也停止了下降的动作，而是又往上飞了100英尺[①]，等着花颈鸽追上去。在爱情的召唤下，花颈鸽全身充满了力量，它勇敢地拍打着翅膀，不断地向高处飞去，此时的阳光刚好照耀在它身上，它那五彩斑斓的羽毛瞬间折射出千百种色彩。很快，它就飞到了雌鸽前头，带着雌鸽一起飞翔。它们一起越飞越高，越飞越远——花颈鸽终于完全战胜了恐惧，开始在高空中变换花样。我相信，雌鸽此刻一定会为它的伴侣的敏捷和力量而深深倾倒。

　　第二天，它们很早就出发了，不一会儿就消失在了远山之间。它们出去了至少有1个小时，我想，它们一定飞到了很远的地方，也许翻越了山峰，也许飞到了山麓的另一侧……

　　上午大概11点的时候，它们终于飞回来了，嘴里各自叼着一根长长的麦秆。看样子它们是想筑巢产蛋了。我想我应该把它们带回家去，不过拉吉一直挽留我们再多待上一个星期。

　　在这一个星期中，我带着两只鸽子去了河对岸的群山间开阔眼界，还去了离拉吉住处不到5英里[②]的密林深处，在那儿我们再一次将鸽子放飞。在这一次飞行中，花颈鸽专心地投入其中，辨别方向精准、飞行速度迅捷、飞行距离高远，看来，它已经心无杂念。也就是说，新的环境和爱情的滋润已经治好了它的心病，这让我感到十分欣慰。

　　我终于彻底地相信了喜马拉雅山寺庙里那位喇嘛说的话，我决

---
①100英尺=30.48米。
②5英里=8.046 5千米。

第三章　花颈鸽恋爱了

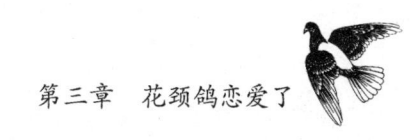

定把这些真理记录下来：首先，害怕、焦虑和仇恨是紧密相连、恶性循环的三个恶魔，如果被其中一种缠上，其他两种也会尾随而至。其次，捕猎者如果要捕食一种猎物，就要先让它恐惧，恐惧才能真正地杀死猎物。最后，任何一种生物，往往不是被对手杀死的，而是被对方吓死的。简而言之，它们在遭受敌人致命一击之前，恐惧就已经将它们置于死地了。

第四章
战场的召唤

8月初，我们迎来了花颈鸽的后代。才刚享受到天伦之乐，花颈鸽就不得不挥泪吻别自己的孩子，和希拉一起前往孟买，这一次，它们是要在贡迪亚的带领下光荣地参军去。

在选择希拉的时候，我有些犹豫，因为它还没有配偶和孩子，但在很多方面，它和花颈鸽一样优秀，这是军队所需要的，所以我最终还是决定将它俩一起送走。

我很高兴在正式前往弗兰德斯和法国战场之前，花颈鸽能有时间和孩子们相处，因为我知道，舐犊之情和夫妻之爱可以牢牢地拴住雄鸽的心，让它急切地渴望归来，即使前面有枪林弹雨。因为和家人之间的这种爱的纽带，花颈鸽一定会好好地活着，也一定能好好地完成送信的任务。没有什么能阻止花颈鸽想要活着和家人团聚的强烈愿望了。

第四章 战场的召唤

你可能会说，花颈鸽的家在加尔各答，而战场却在几千英里之外，怎么就能这么肯定花颈鸽能够顺利地回到家中与它的妻儿团聚呢？我当然不能回答，但我家里的雌鸽和它的儿女们会告诉你，请拭目以待。

你可能又会问，既然是你的鸽子，你为什么不自己带着它们上战场呢？其实，我又何尝不想亲自带着两只鸽子参战，但是，因为我还没有成年，没有在军队服役的资格，所以只能由有经验的老猎人贡迪亚带着它们去了。

第一站是从印度前往法国马赛，在这不算很长的旅途中，有经验的老猎人贡迪亚很快就和花颈鸽、希拉熟识了。何况大家都是有过几面之缘的老朋友了，花颈鸽和希拉从内心深处也愿意接受这位朋友。不过，有趣的是，一开始和贡迪亚形影不离的花颈鸽，没过几个月就喜欢上了总司令——花颈鸽有很长一段时间负责在前线和最高指挥所之间传递一些重要信件，据说总司令非常喜欢花颈鸽，对它的贡献给予了极高的评价。

从1914年9月到1915年春天，印度军队一直驻扎在弗兰德斯，花颈鸽和希拉的任务就是传递书信，负责前线各个部队之间通信的畅通。鸽子传递书信的方法想必你们也是有所耳闻的：人们把专门的密码写在一张小纸片上，再把小纸片拴在鸽子们的脚爪上。这一时期，贡迪亚一直待在陆军司令部驻地，等着接应成功飞回来的信鸽，然后再将它们送到总司令面前，把拴在鸽子脚爪上的密码信件亲自交到总司令手上。我想，这一定是一段非常了不起的故事。如果说只有做梦的人才能真正地描绘出梦里的情形，那么，像这样精彩的冒险经历就应该由当事人——花颈鸽自己来讲述了。

"我们坐着火车横渡了印度洋和地中海那泛黑的海水，然后来到了一个奇异的国度。法兰西的气候与印度的截然不同，刚9月份气温就很低了。在这里，我总以为所有的地方都跟我生活过的加尔各答或是喜马拉雅山一样——可以看到白雪皑皑的巍峨高山或是直冲云霄的大树，但在我目光所及之处，只有地平线上和印度的竹子差不多高的山丘。既然这里地势低平，为什么气温却不高呢？我亲爱的小主人，你能告诉我缘由吗？

"仿佛是经历了一个世纪的等待，我们终于来到了前线。虽然我们所处的位置是在战线后方，但大炮轰轰轰的巨响总是能清楚地传入我们耳中。我只是一只平凡的鸽子，对枪炮自然充满了与生俱来的厌恶。无论那枪炮是大是小，是什么形状，在我眼里，这些不停乱吼的铁东西，就是死亡的代名词。几天后，我们开始了第一次试飞。包括我和希拉在内，一共有6只信鸽，巧合的是，另外4只竟然也和我们来自同一个城市。在陆军司令部的屋顶上，我们6只鸽子被同时放飞，前往前方的村落。可是，希拉自作主张地改变了方向，它直愣愣地朝着炮声传来的方向飞去——希拉的性格有多冲动你是知道的——它一定是想去打探一番。我没有办法，只好紧跟着它。飞了一个多小时，我们就到达了发出隆隆炮声的所在地。哦，靠得越近，那声音就越发地震耳欲聋！还有一些钢铁铸成的'巨犬'，它们躺在树下，嘴里不停地喷吐出霹雳般的火球，那火球一边不停地在我们下方炸开，一边还发出'哐哐'的响声，我很害怕，赶紧蹿向高处，可惜这里也不安全，两只体形巨大无比的老鹰正呼呼地尖啸着，在高空中不停地盘旋。真是前有狼后有虎，看到这么可怕的景象，我唯一的想法就是赶快调头飞回贡迪亚的怀里。但那两只老鹰似乎猜中了我的心思，它们不愿轻易放过我们，一直在我和希拉的身后紧追不舍！我们不断加快速度，奇怪的是，老鹰们并不打算赶到我们前头去，而是笔直地飞向

第四章 战场的召唤

了我们的住处。难道它们打算守株待兔，飞到我们笼子边去等我们自投罗网吗？我心想这下我们要完蛋了。然而，更奇怪的是，它们着陆之后突然变得安静了，躺在地上纹丝不动，如同死去了一般。就在这时，两只老鹰的肚子上突然打开了一扇门，两个士兵分别从两扇门里走了出来。咦，这到底是怎么一回事啊？两只老鹰活吞了两个人？这两个人又是如何从老鹰肚子内活着出来的呢？

"我还没回过神来，这两个人又打开了老鹰肚子上的门，爬了进去。轰隆隆！轰隆隆！在突然爆发的噪声中，原本已经毫无生气的老鹰们又开始扇动起翅膀来。哦，这下我明白了——原来所谓的'老鹰'并不是真正的老鹰，它们只是人类发明的长相酷似老鹰的飞行工具罢了。一明白这一点，我瞬间松了一口气。

"日子一天一天过去，我们对战场上出现的这些新鲜东西开始习以为常，但有一点除外：就是那连绵不断的轰鸣声总是让我们难以入睡。可以说，在前线的这段时间，我和希拉几乎没有做过一个美梦，长期的失眠让我们变得越来越烦躁不安，甚至有些神经兮兮的。

"我的第一个任务是在一位印度籍指挥官的手下充当信使。他手下有好些从加尔各答来的印度士兵，这让我感到很亲切。但是，因为他的营地处于战争的最前线，无数的钢铁'老鹰'和钢铁'巨犬'从早到晚不停地发出隆隆的叫声，嘴巴里还不时地吐出各色火焰，这又让我觉得有些恐怖。那天，他把我放在一个笼子里，又用黑色的帆布把笼子遮得严严实实的，然后就带着我出发了。我觉得自己在黑暗的笼子里待了好几个小时，甚至是好几个晚上，才感觉到他们停下了脚步，我想我们应该是抵达目的地了。果然，在他们把遮盖笼子的黑色帆布掀开之后，我看到四周都是壕沟，戴着头巾的印度士兵像昆虫一样匍匐前进，除此之外就只有那讨厌的钢铁'老鹰'和它发出的隆隆噪声了。这里无疑应该是前线的战壕。来到这里之后，我开始尝试着去捕捉各种声音。起初，所有的声音在我听来就只是混在一起的轰轰声，后来，我的耳朵渐渐能分辨出好几档的爆炸声。周围人的说话声对我而言是最难以听清楚的，因为巨大的炮声经常将人们讲话的声音盖过，人的声音混在其他声音中，简直就像懒洋洋的微风吹过草丛，即使我用尽全身力气也难以将那些声音分辨清楚。

"前线的战斗非常激烈。每隔一阵，就会有一头新的钢铁'巨犬'被士兵们放出来，它们一边对敌人发动猛烈攻势，一边发出轰轰的叫声，听上去，就像是一群癞皮狗们发出的阵阵怪笑。接着，无数的士兵又端起了'铁犬'般的机关枪，突突突地对着敌方一阵扫射……同时，钢铁'老鹰'的咆哮也不甘落后地响起，它们两个一排、三个一列，排着整齐的队伍朝着敌机疯狂地扑过去。就在这时，我发现带我来的那位印度籍指挥官正举枪对着天空——轰！一只'老鹰'被击中了，烈焰喷射而出，'老鹰'随之应声而落！接着又响起了一阵轰隆隆的声音，那声音非常低沉，我循声望去，原来是大炮，这是我们战地上最巨大的一门大炮，此刻已经迫不及待地发出了如猛虎般的咆哮。各种声音此起彼伏，相互交杂，汇在一起编织成了一张巨大的华盖，给人以气势如虹之感；又仿佛一把魔琴，奏出的声响是如此令人难以忍受！一声连着一声，一阵接着一阵，各种爆裂声此起彼伏、不绝于耳，给周围的世界带来一股强大的冲击力，这种场面，令我终生难忘。

"正当我震撼于这由各种声音交织而成的宏大乐章时，转瞬间，天空又下起了火球般的急雨。人们如同被洪水冲毁了洞穴的老鼠，在火球般的急雨中纷纷倒地而亡。为什么美丽总与死亡相伴呢？明明先是美得难以用言语形容的壮观场面，接踵而至的却是无数的生灵涂

第四章 战场的召唤

炭。原来这就是人类的世界，这就是所谓的战争。于是，我开始四处搜索带我来的那位印度籍指挥官。在尸体遍野的战壕里，我终于看到了他，此刻，他的身上已经被鲜血染得通红，眼睛却依然那么炯炯有神，在看到我的那一刻，他的眼睛更加明亮了，连忙从身上掏出一张纸来，匆匆忙忙地写了些什么，然后把我呼唤过去，将纸条绑在我的脚上。他又把我捧在手心，用脸不停地亲吻着我的羽毛，从他那万分焦急而又充满希望的眼神中，我知道，他一定是在祈祷我能够顺利地回到贡迪亚身边，将这边的情况告知总司令，让总司令派兵支援。

"你是知道的，我的主人，在这样的情况下，我怎么忍心让他失望呢？于是，我立刻起飞了。一蹿上高空，出现在我面前的情形简直让我不寒而栗：一层火焰笼罩了整个战壕上方的天空。怎么办？此刻，我不知道要如何才能穿过封锁，飞向目的地。我不断地调整着控制方向的尾翼，朝着各个方向做了尝试，但不管我往哪个方向飞，都有数不清的火舌在我的头上穿过，它们像飞梭一般，不停地为当下各种鲜活的生命编织着一件件鲜红的毁灭之袍。但我知道，无论如何，我必须飞往高处，这是父亲遗传给我的勇气和坚强！在不断向上的尝试中，我忽然撞上了一个流动得异常湍急的气旋。气旋把我吸了进去，又把我向上托举起来。顿时，我的翅膀失去了感觉，好像完全不受自己控制了，身体也轻得如同一片树叶。气流托着我时上时下，最后，竟然阴差阳错地将我抛出了那密集的火力网。我顾不上欣喜，更顾不上感叹，赶忙向贡迪亚那里飞去。去找贡迪亚！去找贡迪亚！我在心里不断地对自己重复，每重复一次，这个念头就像一股清新的风让本来已经疲惫不堪的我精神为之一振，为我注入全新的力量，督促着我越飞越高。我一边左右环顾，一边向西直飞而去。突然，我发现自己的尾巴燃烧了起来，我扭头一看，原来是一颗子弹击中了我的尾

花颈鸽：一只信鸽的传奇

第四章　战场的召唤

羽，这下可把我气坏了。你知道的，我们鸽子平时把尾巴看得多么重要，连摸都不愿别人多摸一下，更别说被火烧了。

"终于快要平安抵达目的地了，我已经能够清楚地看到司令部的房子，但就在我准备降落的时候，两只'老鹰'忽然在我的上空打了起来。此刻的我既不想去看它们，也不想听到它们的吼叫，更不关心它们是否会把对方击毁，可是，人无犯虎之心，虎有伤人之意。我不去招惹它们，它们激烈的打斗却影响到了我的安危，只见数不清的球状火焰密密麻麻地从两只'老鹰'的喙部掉落，在它们四周的空气里卷起一股红色风暴。没有办法，我只好尽自己最大的努力不停地躲闪、俯冲。如果这周围哪怕有一棵小树，我也不至于如此狼狈啊！其实，这里以前是有树的，但后来这些树大都中了枪弹，被烧得只剩下残桩了，别说枝叶繁茂的树冠，就连稍微像样一点的树枝都荡然无存，我只好在这些残桩间绕着'之'字形左飞右躲，就好像我以前在丛林中躲避大象之类的敌人时所做的那样。

"最后，聪明勇敢的我终于顺利地回到了家中，落在了贡迪亚的手腕上。贡迪亚解开我脚上缚信的绳子，把我和信一起交到总司令手中。这位总司令身材魁梧高大，皮肤红得发紫，脸圆圆的，就像一颗鲜红的樱桃，身上还散发出令人倍感舒爽的肥皂香味——要知道，比起大多数不爱干净、倒床就睡的士兵们，这位司令可是每天都要用肥皂洗三四次澡的。在读完那封信之后，他轻轻地摸了摸我的脑袋，快乐地笑了起来，那笑声活像公牛的叫声——你说，如此可爱的家伙，我能不喜欢他吗？"

第五章
第二次冒险

"印度籍指挥官受了轻伤，不久就痊愈了，他迫不及待地要求参加下一项任务，于是我又被带到了前线。这一次，他还带上了希拉。在贡迪亚告知我们任务的那一刻，我就意识到，这次的信件一定非常重要，所以才会要我和希拉一起参加，同时启用两只鸽子，就是为了确保任务的万无一失。

"气温还是十分低，现在又赶上阴雨绵绵，感觉就像掉进了冰窟窿一样。我和希拉一起跟着印度籍指挥官来到了一个陌生的地方。那里竟然没有战壕，只有一个贫瘠的小村庄。整个村庄满目疮痍，四处可见炸弹爆炸后的痕迹。细细一看，还能想象出大火肆虐的场景。从大家的神情中，我猜出这里一定是个非常神圣的战略要地，尽管死亡的火舌舔舐了这里的每一寸土地，但战士们仍然不想放弃。我很高兴能停留在这样一个开阔的地方，虽然这里的天空灰蒙蒙的令人压抑，地面也枯燥得像要裂开似的。即便是这样一片被炮火摧残得体无完肤的土地，还是生活着无数的动物，它们依然按着自己的方式生活着：田鼠的脚步不停地在各个洞穴间窜来窜去，家鼠依然在偷面包，蜘蛛细心地编织着它的捕食大网……人类之间的争斗和杀戮仿佛就像天上的浮云一样，与它们毫不相干。

"过了一会儿，敌人对我们停止了炮击。整个村子——实际上只是一些残垣断壁——暂时平静下来。这时天色越来越暗，黑压压的仿佛要吞噬整个大地，天幕也似乎快要贴到我的头顶了。夜幕降临后，寒意阵阵袭来，仿佛抓住了我的每一根羽毛，而且还想将它们从我身上全部拔出来。我冷得不行，根本没办法一动不动地待在笼子里，希拉也跟我一样，被冻得瑟瑟发抖，我们只好紧紧地挤在一起，互相取暖。

"新一轮的交战又开始了，这一次，我仿佛感觉到从四面八方都传来了敌人的呐喊声，我们的小村庄好像已经成了一个被敌军围困的孤岛。看样子，敌人在早晨起雾的时候，切断了我们与外界的联系，现在开始展开总攻了。这一次的战斗持续了整整一天一夜。第二天上午，他们开始发射火箭弹。尽管已经是白天，但气温依然很低，周围阴冷得跟喜马拉雅山的雪地一般。层层烟雾笼罩在天地之间，让人分不清这是黑夜还是白天。在这方面，鸽子就要比人类强得多，因为我们有一双令所有人都羡慕的眼睛，视线所及，能够看到人类所看不到的东西。

"很快，我和希拉就带着各自的任务信件出发了，但我们还没飞多远，一团浓雾就笼罩了我们，好像还有一层冰冷的薄膜贴在了眼球上，顿时外面的一切都变得模糊了。幸好我们身经百战，面对这些困境都能从容应对。虽然这里不是印度，而是异国他乡的战场，但我知

第五章 第二次冒险

道,我唯一能做的事就是像在印度遇到这种情况时一样:往上飞。我拼尽了全力,但每一次只能前进1英尺[①],因为在浓重的雾气中,我的翅膀变得湿乎乎的,而且呼吸也越来越不顺畅,还不停地打着喷嚏,那时候我觉得自己随时都有可能突然掉到地面死掉。感谢鸽神的保佑,坚持了一会儿,我终于能看到几米外的东西了!于是我毫不迟疑地往更高的地方飞去,眼睛也越来越清亮了。在暂时脱离危险后,我立刻意识到一件事情,那就是我必须使用眼中的瞬膜——我的第二层眼睑,它是我在穿越沙尘暴时需要用到的。如果我判断无误,刚才笼罩我们的并不是自然界的雾,而是人类放出来的一种气味刺鼻的有毒气体,此刻我的眼睛就像被针扎过一样疼,所以,这种有毒气体一定对眼睛有很大的伤害。来不及多想,我现在唯一能做的就是用瞬膜护住眼睛,憋着一口气竭力飞向高空。一直和我一起飞着的希拉也是这么做的。它刚才也差点被毒气呛死,但也丝毫没有要放弃飞行的意思,我们鸽子就是这样意志力坚强的动物。终于,我们冲出了那团阴森的毒气团,迎来了新鲜的空气。我收起瞬膜,遥望远方,此时我惊喜地发现,我们的根据地就横亘在大地与灰色的天空交汇之处,在看清之后,我们立刻向着目的地飞去。

"但还没飞出多远,一只身形巨大、身披十字铠甲的铁鹰就向我们飞了过来。啪!啪!啪!它不停地向我们发起攻势,我们左避右闪,目标是直奔歼击机的尾部,因为我们知道,在这个位置,那铁家伙是打不到我们的。我们拼命地朝着'老鹰'的尾部飞,'老鹰'也拼命地在我们身后追,那画面非常地有趣,仿佛歼击机在自己追着自己开火,它在空中转起了圈,我们也跟在它尾翼后转圈。

[①] 1英尺=0.304 8米。

不过，我们可以不停地在空中翻跟头，这一点它可不一定做得到。因为它的尾翼和真的老鹰的尾翼有所不同，它的尾翼又硬又僵，像条死鱼。所以，在做花样方面，我们有着绝对的优势。而且我们始终践行一条原则，那就是千万别跟钢铁'老鹰'正面迎上，那样的话我们就会自取灭亡。

"时间一分一秒地过去。我意识到我们这样一直追着'老鹰'的尾巴跑也不是个办法。在我们身后的村子里，印度籍指挥官和战士们还处在毒雾之中，我们得把情报送出去，好让他们得到支援。

"就在这时，一直对我们紧追不放的歼击机改变了战术，它调转方向，径直飞向自己的营地。聪明的我们怎么会不知道它想让我们追着它的尾巴飞到他们的阵营去，好被他们的神枪手射死。何况，我们离自己的阵营也就只剩下一半的距离了，我们怎么会傻到自投罗网，往他们的阵营飞去呢？趁着钢铁'老鹰'掉头之际，我们也赶紧转身，用最快的速度逃离'老鹰'的尾巴。那只钢铁'老鹰'发现自己的计划落空，连忙掉过头来对我们继续追击，趁着这只笨重的家伙减速调整方向的时间，我们加快速度，终于回到了自己的领地上空。'老鹰'掉转后，刚好和我们处于同一水平线上，它不失时机地对我们发动了猛烈的子弹攻势，噼里啪啦的声音响彻天空。我们被攻击得无力招架，只能拼了命地朝下降落，在此过程中，我一直故意飞在希拉偏上一点的位置，好为它打掩护——我想，我们中至少得有一只活着完成任务才行。眼看就要成功了，命运却始终有它自己的安排，永远让我们措手不及。就在我们对着敌人的钢铁'老鹰'无暇招架之时，又一只'老鹰'突然冲了出来，对着敌人的'老鹰'不停地开火。我和希拉觉得安全了，不知不觉开始并肩飞行，就在这时，一颗子弹嗖嗖地飞了过来，从我身边呼

第五章 第二次冒险

啸而过，打断了希拉的翅膀！可怜的希拉在受伤之后，身体不受控制地打着旋儿，像落叶一般笔直地坠了下去，幸好，它魂归的是我方的阵营。虽目睹了同伴的死亡，我却来不及悲伤，恐惧和紧张驱使我飞得像闪电一样快，两只钢铁'老鹰'正在我身后殊死搏斗，而我却一次都没有回头。

"回到营地之后，我又被带到了司令面前。上了年纪的司令在看了信以后用力地拍了拍我的后背。我意识到自己成功完成了一项重要的使命。司令看完信后，立刻在一个机器上不停地拨出嘀嗒声，然后另一只手紧握一柄连着耳朵和嘴巴两端的东西，开始严肃地下达起命令来。贡迪亚把我送回巢。我蹲在巢里，想起了希拉。突然，我感觉脚下的整个大地都开始抖动起来。定睛一看，原来我方的钢铁'老鹰'们正在纷纷起飞，一只紧接着一只，密密麻麻的，远远看去，仿佛一群嗡嗡叫着乱飞的虫子，只不过，它们发出的声响可比嗡嗡声大多了，那是一种惊天动地的尖声咆哮。地面上无数的大炮也开始怒吼起来，就像一只只低沉嚎叫的'巨犬'，与天空中咆哮着的'老鹰'交相呼应。霎时间，整个天地间就只剩下了鹰嚎犬吠，场面好不壮观！贡迪亚不知什么时候又出现在了我的巢边，他不停地轻抚着我的羽毛，口中喃喃自语：'了不起的花颈鸽，你是我们的英雄啊！'但我却一个字都听不进去。天空越来越灰暗，仿佛死神已经来临，那天地间的咆哮就是他的脚步声，凡是这周围有生命的物体，难道都注定在劫难逃了吗？

"第二天早晨，我像往常一样飞到离训练基地不远的地方，其实那儿离我的巢还不到1英里[①]，可是，就在一夜之间，整个地面都被炮

[①] 1英里=1.609 3千米。

弹刨开了，地上到处都是家鼠和田鼠的尸体，它们已经被炸得面目全非、体无完肤。你可以想象得到，那场面是多么令人悲哀。我不由得又想起了希拉牺牲时的画面，感到无比地沉痛和疲惫不堪。"

第六章
侦察任务

不知不觉，时间就到了12月。这个月的第一个星期，花颈鸽跟着贡迪亚一起执行了一次单独的侦察任务，这次任务对于我们的军队有着重要的意义，对于贡迪亚和花颈鸽来说也是一次刻骨铭心的记忆。

他们被派到了距离比利时的伊普尔镇和法国的阿尔芒蒂耶尔镇、阿兹布鲁克镇不远的一个森林。如果你手中有一张法国地图，沿着加莱市往南画一条直线，你就会发现很多地方都驻扎着英国和印度的军队。阿尔芒蒂耶尔镇埋葬着不少信仰伊斯兰教的印度士兵，但是信仰印度教的士兵并没有长眠在此。因为印度教教徒死后要进行火葬，尸体火化之后，他们的骨灰会被撒在风中。因此，不论他们在哪里离世，都了无痕迹，后人也无从凭吊他们。

这次贡迪亚和花颈鸽被委以重任，前往阿兹布鲁克镇附近的一片森林，这片森林刚好位于敌人的后方，他俩的任务是去探查敌人的一个巨型地下弹药库的位置。等找到这个弹药库之后，贡迪亚还要绘制出那里的详细地图，并将它送回到英国陆军司令部。为了确保信息传递万无一失，所以才让花颈鸽和贡迪亚一起去执行任务，以备紧急之需。于是，在12月的一个晴朗的早晨，花颈鸽被贡迪亚带上了一架飞机。飞机在一片森林上方飞行了大约20英里[①]。在军事上，这片森林被一分为二，一部分归印度军队所有，一部分在德国人的势力范围内。在飞越两军交界的领空时，贡迪亚迅速地放飞了花颈鸽。聪明的花颈鸽对自己的任务了如指掌，它在森林上空盘旋了一圈，对周围的地形和其他环境有了大致的认识，然后跟着飞机回到了驻地。这次飞行就是想让花颈鸽对本次的侦察目的地有一个初步的了解，好让它对自己将要面临的处境做好心理准备。

当天下午4点钟的时候，太阳已经开始落山。这时候，穿得厚厚的贡迪亚把花颈鸽藏在他的大衣下面，就出发了。这一次，他们的交通工具是一辆救护车，车子将他们带到森林深处，在印度军的第二道防线附近将他们放下。此时的天色已经完全没有了亮光，在黑暗的掩护下，他们按照情报人员的指引一步一步潜入敌人的后方。

这一路倒是没有遇到什么阻碍，他们很快就按照预定计划进入"无人区"——这里没有被炮火摧残，也鲜少有人在此居住或出没，因此被称为"无人区"——此时情报人员早已撤离，就只剩下贡迪亚和花颈鸽了。作为一个大字不识几个的老猎人，贡迪亚只会说几个简单的英语单词，比如"是""不"和"很好"等，就更不会说德语、法语等其他外国语言了，像他这样的人，居然会被委以重任——寻找

[①] 20英里＝32.186千米。

第六章　侦察任务

德国人藏在森林深处的秘密弹药库,并且他的助手还是一只鸽子,说不定那只鸽子此刻正趴在他的大衣底下呼呼大睡呢。想到此处,贡迪亚一边摇头一边苦笑了一下。不过,作为经常出入各种丛林的老猎人,作为一名爱国勇士,贡迪亚并没有被目前的处境吓倒,他开始冷静地分析眼下的情况。

他记得有人告诉过他,这里的气候跟喜马拉雅山一样,一到了冬天,花草树木就都变得光秃秃的,没有一丝生气。枯死的叶子会铺满地,地面也会因为潮湿而结满冰霜,冷还是其次,关键是在这厚厚的树叶下边,谁也不知道会不会藏匿着危险。而且,由于树叶都落光了,杂草也寥寥无几,贡迪亚很难隐蔽自己。好在贡迪亚的夜视能力超强,而且多年的狩猎经验让他的嗅觉比猎狗还敏锐,所以贡迪亚可以在"无人区"里行动自如。更为有利的是,那天夜里还刮起了东风。

借助树干的掩护,贡迪亚快速地朝着目标前进。几分钟后,他的鼻子告诉他,有一支德军小队正往他的方向走来。于是,他像猎豹一样迅速地爬上了附近的一棵树,静静地等待着他们的到来。幸好德国人什么都没有发现,如果是在大白天,贡迪亚肯定就被发现了。因为在结了霜的路上行走,身后会有明显的脚印,更何况贡迪亚光着的脚被树枝划伤了,正在流着血。

贡迪亚一直静静地坐在树上,等待那群德国兵走过去。就在这时,一句非常细微的说话声被风吹进了他的耳朵里,以他的经验,他立刻意识到那是德军的神枪手。他清楚地听到一个德国兵在对他说"晚上好"——是的,对贡迪亚说。原来是一位站在树下面的德国士兵发现了贡迪亚,贡迪亚心里咯噔一下,心想这次要命丧于此了。没想到,那个德国士兵跟他打完招呼后就离开了。哈哈,这个傻大个儿一定是把贡迪亚当成了来和他换岗的同伴了!过了一小会儿,贡迪亚也下了树,顺着德国兵的脚印跟了上去。树林里虽然很黑,但是他赤脚能感觉到德军穿着厚重的行军靴所踩出的凹坑,这对他来说实在是再简单不过的事儿了。

最后,贡迪亚来到一个驻扎了许多人的营地。他格外小心地从营地的外侧绕过去,继续前进。这时,他听到脚边突然传来一阵奇怪的声响,那不是人类的脚步声,更不同于他以前遇到的猎物的声音,倒像是以前跟他一起去狩猎的猎狗的声音。于是,他警惕地停下来,更加专注地侧耳细听。随着一声低沉的咆哮,贡迪亚更加确定了,那是一只野狗!贡迪亚是一位经验丰富的老猎人,猛虎出没的印度丛林对他来说就像自己的家一样,所以一只野狗的咆哮声不可能让他感到害怕,相反他还有些欣喜。很快,那只咆哮的野狗出现在了贡迪亚的视线里,红通通的双眼直盯着贡迪亚。贡迪亚仔细地嗅了嗅空气,发现那只野狗身上没有人类留下的气味。而对面的野狗也在专注地嗅着空气,努力地分辨着贡迪亚身上的味道。贡迪亚的气味让它有一丝熟悉的感觉,于是它跑过来,在贡迪亚的身上不停地蹭来蹭去。幸好贡迪亚把花颈鸽举得很高,风又将鸽子的味道吹到了高处,才没有被野狗嗅到。贡迪亚没有用手去拍它的脑袋,而是将自己的一只手伸到野狗的面前,方便它更进一步地嗅闻。接下来的几分钟仿佛有一个世纪那么漫长,野狗会攻击他吗?谁也不知道,我们只能安静地等待着。终于,野狗闻够了,它伸出自己的舌头,温柔地舔舐着贡迪亚的每一根手指头,同时摇起了粗壮的尾巴,冲贡迪亚呜呜地表达着自己的友好。这下贡迪亚明白了:"这只野狗现在没有主人了,它之前的主人可能是死了,这个可怜的东西独自在森林里游荡,待得久了就有了狼的野性。但显然,它对人的肉并不感兴趣,它不是靠着吃死人尸体活下来的,而有可能是靠着偷窃德军的补给品才活下来的,要真的是这样,那就太好了。"

第六章 侦察任务

作为一个经常和动物打交道的人，贡迪亚深知，要想让这只野狗为他领路，必须向它发出它原来主人经常使用的信号。无论在哪里，几乎所有猎人与猎狗交流的方式都是哨声，所以，贡迪亚试探性地噘起嘴，轻轻地吹了声口哨。果然，一听到哨声，这只野狗就心领神会，开始在前面给贡迪亚带路。他们悄悄地绕过了德军的营地，蜿蜒前行了几个小时之后，终于抵达了目的地。贡迪亚惊喜地发现，这里不仅有德军的食物储备，而且有他们的军火库。野狗从一个隐蔽的小洞钻了进去，不一会儿，它就叼着一大块肉爬了出来，贡迪亚敏锐地嗅出那是一块牛肉。野狗蹲坐下来，美美地品尝着自己的猎物。贡迪亚也坐下来，把在肩膀上挎了一夜的靴子穿上，然后抬头观看周围的情况。根据星星的位置，他推算出了自己所处的方位，慢慢地在心里面勾勒出一幅精细的地图来。

天渐渐亮了，贡迪亚从口袋里掏出指南针，他决定把这幅在心中勾勒了一晚上的地图绘制出来。这时，野狗突然跳起来，咬住了贡迪亚的上衣。贡迪亚感觉到这只狗是想带他继续走，于是他跟随着野狗的脚步前行。野狗在前面飞快地奔跑，贡迪亚全速追在它后面。又不知过了多久，野狗终于停了下来。出现在贡迪亚面前的是一个洞口，洞口附近荆棘丛生，藤蔓环绕，而且这些藤蔓因为被冰冻得太久，已经十分僵硬了。藤蔓间有一条只有动物才能通过的小径，野狗从中间钻了过去，然后就消失不见了。

贡迪亚抓紧时间把头脑里面的星位图绘制了出来，又把指南针上标出的方位分毫不差地记录下来，然后他把这两份情报小心翼翼地拴在花颈鸽的脚上，把它放飞了。花颈鸽不慌不忙，先在一棵榆树上停留了几分钟，看看有没有可疑的敌人出没；又在一棵桉树上歇息了一会儿，用喙整理自己背上的羽毛，打理完毕，它又啄了啄腿上的信件，看看是不是绑牢靠了。做完这一切之后，它才振翅飞到高空中，盘旋了几圈，仔细地观察起周围的地形来。就在这时，贡迪亚感觉到有什么东西在拽他，他低头往下一看，原来是那只野狗正努力地把他往荆棘丛下面的一个洞穴里拖。贡迪亚小心地蜷缩起身躯，跟着野狗往洞口匍匐过去。突然，他听到头顶传来一阵急促的翅膀扑打声，然后紧接着是几声枪响。他不敢直起身来查看花颈鸽是不是已经被打死了，只能继续跟着猎狗，往荆棘深处钻去。路越来越窄，他感觉自己的整个身体都完全贴在了地面上。他手脚并用地拼命往里面挤，突然身子一滑，掉进了一个大约8英尺①深的坑洞里面。洞里面一片漆黑，仿佛要吞噬掉周围的一切。贡迪亚伸手摸了摸自己的脑袋，幸好并无大碍，只是后脑勺肿了一个鸡蛋大小的包。

　　回过神来后，贡迪亚开始查探自己这是在什么地方。周围一片漆黑，伸手不见五指，只能靠他多年的猎手经验和敏锐的嗅觉来判断周围的一切。他朝四周摸索了一阵，确定这是一个结了冰的水塘，上面覆盖着一层常人难以发现更无法穿过的荆棘，如同一道天然的屏障。即使是在冬天，周围的灌木丛和藤蔓都是光秃秃的，这里的白天也是漆黑一片。野狗似乎很高兴，显然它是为了安全才把贡迪亚带到了这里。虽然枪炮声就近在咫尺，但是贡迪亚太困了，所以不一会儿就迷迷糊糊地睡着了。

　　大约3个小时之后，睡在贡迪亚身边的野狗突然发了疯似的大声哀嚎起来。不一会儿，大地在可怕的爆炸声中开始震动，野狗可怜巴巴地咬了咬贡迪亚的袖子，表情极为惊恐。爆炸声一阵强过一阵，夹杂着火药味的空气弥漫在四周，好像世界末日一般。到最后，贡迪亚

---

① 8英尺=2.438 4米。

第六章　侦察任务

栖身的这个黑冰窟也开始摇晃起来。但他并不打算离开这里，因为相比外面，这里应该算是比较安全的。这时候，贡迪亚突然意识到外面应该是印度空军正在轰炸德军的弹药库，他高兴起来，并且感到无比地自豪，心里面念叨着："花颈鸽真是鸽子中的明珠！是了不起的鸽中之王！它成功地完成了传递情报的艰巨任务，让红脸总司令掌握了敌军的要害，等彻底击败敌军后，印度军队很快就能统领这片森林了。"外面的炸弹不断地从飞机上倾泻下来，就像暴雨一般，狠狠地砸在地面上。警报声、汽笛声、惊呼声、惨叫声混杂在一起，笼罩了森林的上空。

野狗一直试图把贡迪亚从黑冰窟中拉出来，它像一个患了绝症的病人一样尖声哀嚎，浑身瑟瑟发抖。突然，有个东西呼啸着从空中落下，砰的一声掉在他们身边。绝望的野狗嚎叫着窜出了洞穴，贡迪亚也紧随其后，但是已经来不及了，他还没有完全从荆棘丛下面爬出来，身后就传来了震耳欲聋的爆炸声。贡迪亚只记得当时一阵剧痛穿透他的肩膀，然后他就被巨大的爆破力托起，重重地摔在了地上。有那么几秒钟，他仿佛看见面前有几颗红亮的钻石在跳跃起舞，接着就眼前一黑，完全没有了意识。

一个小时后，贡迪亚才苏醒过来。等他完全清醒之后，他发现周围有人在说印度语，这让他感到十分惊喜，于是他试着抬起头来，但他刚刚动弹了一下，就被剧痛击垮了，那是一种如同万箭穿心般的疼痛。他这才意识到自己被炮弹击伤了，并且很有可能是致命伤。但听到不远处传来的印度语，他又觉得很高兴，因为这意味着印度军队已经正式掌控了这片森林。"啊，"他对自己说，"我的任务完成了，我可以死而无憾了。"

第七章
花颈鸽自述

"在炮火纷飞的那一天来临的前一个晚上,我几乎一整宿都没有合过眼。虽然是躺在贡迪亚的厚棉衣里,但一路上的环境实在是太糟糕了,我根本无法入眠。贡迪亚一会儿像雄鹿一样狂奔,一会儿又像松鼠一样在树上爬上爬下,一会儿又不知从哪儿捡来一条野狗……贡迪亚仿佛每隔半分钟就要折腾一次,他的心脏一直扑通扑通地跳个不停,感觉马上就要从身体里跳出来了一般,估计那声音在几米外都能听得到。还不只这些,贡迪亚的呼吸声也弄得我苦不堪言,它时而像火车咆哮般又深又长,时而又像刚从猫爪里逃脱的老鼠一样又浅又急。回想起来,就算是在暴风肆虐的天空中,也比在他的大衣下面更容易入睡。

第七章 花颈鸽自述

"不仅如此,还有那只讨厌的野狗,那家伙简直让我伤透了脑筋。贡迪亚和他接近的时候就吓了我一大跳,我当时想,这下完蛋了,我要成为它的盘中餐了。不过命运之神总是眷顾我,那只野狗当时并没有闻到我的气味,我反而从空气中隐隐约约嗅出它对贡迪亚很有好感。这条野狗让我印象最深的就是它的走路方式,总是像猫一样无声无息。我猜这只野狗应该是一只没有被主人家拴养过的猎犬,因为被拴养的狗往往脾气很暴躁,总喜欢大吵大闹,而且连走路的动静都非常大。现在人类的动物伙伴越来越差劲了。除了猫,所有跟人类生活在一起的动物都变得大大咧咧、吵吵闹闹的,总仗着自己的主人为所欲为。但是这只狗很有个性,走路悄无声息,甚至连呼吸都很难听到。我当时还是通过它身上的气味才察觉到它的存在,这让我对它有了一丝好感。

"那天晚上是一个特别难熬的夜晚,不仅不能安然入睡,而且要饱受各种挤压和颠簸,简直就是一场恶梦。天快亮的时候,贡迪亚终于把我放飞,我总算可以出来透透气了。于是我从一棵树上飞到另一棵树上,环顾四周,试着找出自己所处的位置,以便顺利地回到印度军队中。但是这里的情况确实让我大吃一惊,因为这时候天已经快大亮了,我能感受到森林中四处都是眼睛,这些奇怪的蓝色眼睛正通过一些'管子'看着我,各个方向都有,这让我感到非常恐惧。我细细一看,躲在'管子'后面的正是那些德国士兵,其中一个还在树梢上,离我脚下的树枝只有1英尺[①]远。但是他没有发现我,因为那时印度军队的坦克正在朝这边猛烈轰炸。

"趁他不注意,我扇着翅膀朝高处飞去。很不幸,我起飞的动作惊

---

① 1英尺=0.304 8米。

花颈鸽：一只信鸽的传奇

动了他。于是，他端起手里的步枪，动作熟练而又敏捷地扣动了扳机，呼！呼！我感觉那飞旋的子弹就从我的翅膀边上擦了过去，要不是我迅速地躲到了其他树的后面，早就被他打中了。接着他又冲我开了几枪，我赶紧溜进旁边的灌木丛，总算躲过一劫。经历过刚刚的枪击，我决定放弃飞行，而是从地面前进，直到越过他们的封锁线。我东躲西藏地跳跃前行，耗费了差不多半天时间，才前进了不到半英里①。我感到疲惫极了，于是我决定还是继续飞行，不管天空有多么危险。

"这次非常幸运，起飞时没有被敌人发现。我在空中盘旋了一圈之后，赶紧朝高空飞去。这时，在遥远的东方，一大群飞机像穷凶极恶的秃鹰一般朝这边赶来，天空中全是轰隆隆的声音。要是再继续耽搁下去，敌军就要追上我了。于是，我再次鼓了一口气，呼呼地拍打着翅膀，全力向西奔去。就在这时，埋伏在树林中的神枪手仿佛听到号令一般，集中向我开起火来。

"我想，当我在森林上空盘旋的时候，这些神枪手们并不知道我到底是他们的信鸽，还是敌军的信鸽，所以没有开枪。等我朝西方飞去的时候，他们就认定了我是敌方的信鸽，于是齐刷刷地朝我开枪，要把我射落下来，看看我腿上到底携带了什么情报。

"冬天的空气寒冷刺骨，因此我不能一直往高处飞，那样我可能会承受不住寒风的侵袭，整个身子都被冻僵。但是我又不想被敌机追上……实在想不出办法，我只好牙一咬，心一横，用尽全力急速地再次向西边冲去。神枪手们射出的子弹在空中交织成一面铜墙铁壁，像死亡之帐一样横在我的面前。到了这个地步，我已经完全没有任何退路了，要么冲过这道铁壁，要么被赶来的飞机射杀。飞

---

①半英里＝0.804 65千米。

第七章 花颈鸽自述

机离我越来越近,我几乎都能看清楚驾驶员的模样。我不断地加速前进,幸好一个月前受伤的尾巴现在已经康复得差不多了,有了它,我对这次的突围增添了一些信心。我越是往西飞行,枪声越是密集,子弹嗖嗖地从我的面前或是两边穿过,死亡之神近在咫尺。我只好时而左拐右拐,时而翻着跟头、兜着圈子前进,我使尽了浑身解数来躲过那些飞来的子弹。这时,后面一架飞机已经离我非常近了,我能感觉到它已经瞄准了我,并且一下子射出了一大堆子弹,呼!呼!呼!我不敢回头,只能拼命地一直向前冲。我拼尽了全身的力气去振动翅膀,飞得像急促的风暴一样迅疾。突然,我感觉到腿部一阵麻木,接着一股剧痛传遍全身,我知道我还是被击中了!一颗子弹正打在了我的大腿根上,绑着情报的那条腿立刻垂了下来,就像老鹰爪子下面挂着的麻雀。哦!虽然剧痛无比,但是我却没有时间顾及这些,因为敌机还在我身后追赶。我知道,只要还有一口气在,我就必须拼命向前飞。

"终于,在近乎绝望的时候,我看见了印度军队的旗帜,渐渐地那些熟悉的身影也出现在我眼前。我全力向低处飞去,敌机也跟着俯冲下来。因为腿受了伤,这次我没法使出什么花招,只能一个劲儿往下冲。哒!哒!哒……在又一阵密集的枪声中,我的尾巴也被击中了,羽毛像雨点一样在空中散开、下落,它们正好给了我一个极为有利的掩护,让敌人看不清楚我的准确位置。我顺势斜着冲向阵地,做完最后一个盘旋后,终于成功地越过了敌人的封锁线。我减速慢飞,刚好瞧见追击我的敌机被我们的炮手击中,左摇右晃地跌落了下去。但就在它落地之前,一件不幸的事情发生了——它撞到了我的右翅,把我的骨头撞断了。我满意地看着敌机掉在地上,起火燃烧,但是自己的疼痛也在不断加剧,就好像身体正在被一群秃鹰撕成碎片一样。

感谢上帝，我在疼痛中慢慢地失去了知觉，失去了所有痛苦或是高兴的感觉，只是感觉到似乎有座大山压在我的身上，压得我不停地坠落，坠落……

"最后，我被人们送到了专门的信鸽医院治疗，在这里我一待就是一个月。尽管尾巴和伤腿被接好了，基本上没有留下什么后遗症，但是我再也没有飞起来过。因为我每次一蹿上天空，耳畔就传来子弹的呼啸声，眼前就呈现出那张子弹交织而成的死亡之网。然后我就会立刻被吓得跌落到地上，不管人们如何鼓励我，我都不愿再展翅飞翔。心魔完全掌控了我，还有我的翅膀，从那时起，我就只能靠双脚活动，简直就成了一只缩小版的公鸡。

"终于有一天，一个曾经养过信鸽的家伙提议，让我回到贡迪亚的身边，也许会有奇迹出现。他知道，鸽子不是跟任何人都能够亲近的，我们是很有灵性的飞禽。他们在商量了一番之后，决定把我带到贡迪亚住的医院去。然后，他们找来了一个笼子，把我装了进去，不到一天的时间，我就来到了贡迪亚的身边。时隔一个多月，再次见到贡迪亚时，我差点儿没认出来他。因为我从他的眼睛里面只能看到恐惧，以前的勇敢和淡定已经荡然无存。看到这些，我真为贡迪亚也为我自己感到难过。

"见到我之后，贡迪亚的脸上浮起了久违的笑意。恐惧从他的眼中消失了，取而代之的是惊喜和欢愉。他猛地从床上端坐起来，把我捧在手里面，不停地亲吻我的脑袋，拍拍我的翅膀，摸摸我的双脚，口中还念念有词：'谢谢你，花颈鸽，没有你的英勇，就没有我们军队今天的胜利。你是整个信鸽家族的英雄，更是所有鸽子的骄傲！不仅如此，你还为整个印度军队赢得了荣誉，谢谢你！'他又再次吻了我的腿，仿佛他知道我曾经受过的苦难一样。他的举

第七章 花颈鸽自述

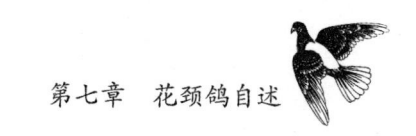

动深深地感动了我,我内心的恐惧也渐渐消退了。我现在还在回想,如果当时那架飞机没有被击落,如果当时我没有掉落在印度军队的战壕里,如果我有一个动作躲闪不及……德国兵就会拿到我身上的情报,然后派兵将贡迪亚和那只野狗的藏身之地团团围住……这实在是太可怕了!对了,那只野狗,我们忠实的朋友和拯救者,它现在又身在何处呢?"

第八章
治愈憎恨和恐惧

"那只狗,"贡迪亚接过话头,继续讲下去,"是一个可怜的家伙!战火刚刚蔓延到它的家乡,它的主人就成了德军枪口下的冤魂。见到自己日日相伴的主人突然一命呜呼,自己赖以生存的家园也遭到了洗劫,连自己存储食物的谷仓都被付之一炬,它吓得一路狂奔,最后逃到了森林里。在那里,没有野蛮自私的人类的迫害,有的只是茂密的荆棘丛,还有荆棘丛下那个像茅屋一样宽敞,又像墓穴一样黑暗的天然藏身处。就这样它在森林里度过了一天又一天,有着猎犬血统的它,恐惧在一点一点地消失,原始的野性在一点一点地被唤回。

"和我相遇时,它感到很吃惊,因为我散发出的气味里没有一丝恐惧——我竟然一点都不怕它。你知道的,狗能识别出人世间的所有味道,包括惊恐,惊恐会促使狗对携有这种味道的人或者动物发动

第八章 治愈憎恨和恐惧

本能的进攻,而我的身上没有惊恐的味道——也许我是这么多天里唯一一个不惧怕他的人,所以,它没有咬住我伸过去的手,反而把我当作了朋友。

"那只狗认为我肯定和它一样,是出来寻找食物的,所以它把我带到了德军的食品库。它轻车熟路地通过一条隧道爬进了巨大的地下储藏室,还给我带回来了一块肉。我推测,在这样的天然储藏室里,德国人不会只储存了食物,那岂不是一种浪费,他们应该还储存了燃油和炸药等军用补给。事实证明我的推测是正确的,我成功地找到了德国人的弹药库,最终我们的军队成功地摧毁了它,这对于加速德军的战败起到了至关重要的作用。"讲到这里,贡迪亚突然叹了一口气。

"哎,不说了。我们还是换个话题吧。说实话,我非常讨厌谈论战争。你看,此刻的夕阳刚好映红了喜马拉雅山的雪峰。珠穆朗玛峰闪闪发光,仿佛一炉熔化的黄金。让我们来祈祷吧:

伟大的神灵,
请您赐予我摆脱虚妄的力量吧!
我愿永离黑暗,
我愿永离喧哗。
请赐予我真实的梦境,
请赐予我光明的心灵,
请赐予我永恒的宁静!"

贡迪亚祈祷完毕,又沉思冥想了一会儿,然后一言不发地走出我们的屋子。我知道他一定是准备离开加尔各答,去辛格里拉附近的喇嘛庙里寻求慰藉。他的故事其实并没有讲完，下面就由我来帮他把故事补充完整吧。

1915年2月下旬，对于印度军队而言，花颈鸽已经是一名无法再继续为他们服务的伤残老鸽子了。带它来的贡迪亚也并不是一名真正意义上的军人，虽然对森林里的老虎或豹子能够手到擒来，但贡迪亚却从来没有伤害过任何一个人，况且他现在还伤病缠身。于是，经当地军事部门的领导研究，一致同意贡迪亚带着花颈鸽跟其他伤残军人一起回到印度。3月初，他们抵达了加尔各答。我早早地来到火车站站台上迎接他们。然而，在看到他们的那一刻，我简直不敢相信自己的眼睛。以前的贡迪亚是多么谈笑风生、淡定自若，以前的花颈鸽是多么活泼好动、精力充沛，而现在的他们看起来都病恹恹的，无论是人还是鸽子，眼睛里都流露着同样的恐惧。

贡迪亚把花颈鸽交还给我，略微交待了几句，就动身前往喜马拉雅山了。他对我说："这一次的法国之行，让我见到了太多人类相残的事情。我自己的身体也受到了伤害，被送进了医院，最后，我还进了'伤残士兵之家'，因为我患上了一种致命的心理疾病——恐惧。现在，我必须独自回到大自然中，让纯净的大自然来帮我洗涤这因为恐惧和憎恨而变得无比怯懦的灵魂。"

贡迪亚去了辛格里拉附近的喇嘛庙，他要通过祈祷和冥思来治愈自己。与此同时，我也想尽了一切办法来治疗花颈鸽的恐惧。我请了优秀的鸽类医生检查它的翅膀和腿，医生说它们没有一点问题，它的骨头和翅膀都很健康。我又寄希望于父子亲情，想让它的孩子们帮助它好转，可是因为花颈鸽常年不在家，它的孩子们没有得到过它的疼爱，所以也把它当作陌生人对待。不过，可能是因为久别重逢，花颈鸽的妻子对它倒是非常体贴，甚至比以前更加柔情蜜意，但是它也没

第八章 治愈憎恨和恐惧

有办法让自己的丈夫再次飞上高空。花颈鸽甚至都拒绝张开右翅，而且，它还养成了一个很不好的习惯——在不行走或是不跳的时候，总是用一条腿站着。我尝试了种种办法想改变它，但都毫无效果，也就只好听之任之了。

不知不觉，4月将近过半，避暑的季节即将到来，这时，我收到了贡迪亚的信。"你的花颈鸽，"他告诉我，"千万不能让它营巢。花颈鸽现在心里充满了恐惧，正处于极不健康的状态，此时的它繁育出的后代也将是不健康的，所以，即使它已经和雌鸽下了蛋，你也要背着鸽子把这些蛋统统毁掉，千万不能让它们把这些蛋孵出来。我建议你把花颈鸽带到我们庙里来，老喇嘛非常希望能见到你和你的鸽子。另外，这个星期那五只燕子就会从南方飞回来了。花颈鸽见到它们一定会很高兴的。在搁笔之前，我想告诉你我已经好多了。勿念！"

这时我才注意到，花颈鸽和它的配偶真的已经在营巢了，准备抚育下一代了。幸好贡迪亚的信来得及时。我认为他说得非常有道理，于是，我把花颈鸽和它的配偶分别关进两个笼子里，动身前往北方。

我们到达德恩谭的时候，已经是4月末的最后一个星期了。和去年秋天相比，春天的山岭完全是另外一番景色。在德恩谭安顿好之后，我留下了花颈鸽的配偶，只单独带了花颈鸽前往辛格里拉附近的喇嘛庙，这次跟我们同行的，是一支藏人商队，他们也骑着矮种马。其实，我之所以把花颈鸽和它的配偶分开，是因为我希望花颈鸽会因为思念自己的配偶而又一次飞起来，并且径直飞回自己配偶的身边。这样的话它的病就可以不治而愈了。贡迪亚也曾经想到过利用鸽子的责任心迫使花颈鸽飞回来，因为当时家里的鸽巢里刚好有新产的蛋需要孵化。但事实证明，这两个办法都没有实际的效果。它一次都没有尝试过飞回配偶身边，或是想着要飞回去帮妻子孵化雏鸽。而且，在我

花颈鸽：一只信鸽的传奇

带着花颈鸽离开后不久，我父母就把它们巢里的蛋全部毁掉了。正如贡迪亚所言，一位被恐惧的恶疾缠身的父亲只会生下孱弱的小鸽子，我们不愿意让这些蛋孵出虚弱、退化的雏鸽，那样会有辱花颈鸽的英雄称号。

白天，花颈鸽总是喜欢一动不动地待在我的肩头，只要我不去打扰它，它甚至可以以同一姿势蹲一整天。到了夜晚，为了防止有意外发生，我把它放在上了锁的鸽笼里。一路走来，山里的空气和12小时充足的阳光的确对花颈鸽的身体产生了良好的作用。

提到山里的空气和阳光，就不得不提一下喜马拉雅山别具一格的春天。此处峡谷众多，气候温暖而湿润，因此蕨类植物丛生，发育成熟的覆盆子和星星点点的三色堇到处散落于地上。初春时节，天空湛蓝如镜，高山上的积雪还没完全融化，远远望去，就像一颗洁白无瑕的珍珠宝石。在近处的丛林里，阳光透过新生的绿芽洒在无数的橡树、榆树、雪松和胡桃树之间，各色树木热热闹闹地长在一起，根枝相连，一起分享着阳光和雨露，庇护着脚下的青草和树苗。在青草的香味中，野鹿们纷至沓来，追随着野鹿们的脚步而来的，可能是老虎、狮子和黑豹……到处生机盎然，鸟兽和植物都在为生存而展开激烈的竞争，生物链一环紧扣一环，即使小如一只昆虫，也无法置身事外。

走出黑暗的森林，一片开阔地出现在我们面前。还没来得及反应，热带地区那灼人的阳光就突然射进了我们无力抗拒的眼睛里，阳光如钻石做成的针尖一般，火热而刺眼。蜻蜓们的翅膀在阳光的照射下金闪闪的一片，蝴蝶、麻雀、知更鸟和孔雀在阳光普照的丛林间不停地嬉戏、追逐。

放眼望去，我们的左边是一片茶园，右边长满了松树，茶园和松

第八章 治愈憎恨和恐惧

树之间有一个斜坡，笔直而陡峭，但它却是我们唯一可以选择的一条路。喜马拉雅山的空气本来就非常稀薄，这里更是如此，我们刚爬了一会儿，就觉得呼吸越来越困难了。这时候，四周一片寂静，一点点声响都可以传出很远。这种神秘的静谧让矮种马们有些莫名地害怕，而我们却是累得说不出话来。于是，一路上人和牲畜都一直沉默地前进着，只能听到牲畜蹄子发出的嘚嘚声。向上望去，天空澄蓝如镜，看不到一片云彩，偶尔掠过一两只翱翔的老鹰，或是一群北飞的白鹤，其他的就再无可见。天地间是如此辽阔而安静，仿佛只是在一夜之间，果园里的果树便开满了紫色的花，那紫色的金盏花里蓄满了晨露，好像马上就要从花蕊里流出来了。平静的湖面上，蓝色和白色的莲花纷纷张开了花瓣，迎接蜜蜂的到来。

远处的山麓上，雄伟壮观的喇嘛庙在天空下扬头致意，召唤着我们，那别具一格的屋檐和古色古香的墙壁在蓝天白云间越来越清晰，看来我们离辛格里拉不远了。我受到了鼓舞，不由得加快了脚步，一个小时后，我们就登上了通往寺院的陡峭台阶。

来到这远离尘嚣的地方，见到这些不知人世纷争的人们，这是一件令人多么放松的事情啊！正午，贡迪亚带着我和花颈鸽来到一片香脂树林后的清澈泉水边，我们在那里充分地净化了自己疲惫的身体，还给花颈鸽喂了食，然后去饭堂享用喇嘛们为我们准备的午饭。饭堂的廊柱看上去是由檀木制成的，上面还雕刻了金龙。时光将柚木横梁洗涤成了锃亮的黑色，但它仍然坚固异常，上面的大朵莲花也依然清晰可见。饭堂的地面是由红砂岩砌成的，每天被擦得干干净净，喇嘛们身披橙色袈裟，正跪在上面虔诚祷告，例行他们每日饭前的功课。我和贡迪亚礼貌地等在一边，一直等到他们唱起圣歌结束祈祷：

佛光普照，法力无边，护我智慧；
佛法无边，灵台清净，护我诚心；
佛祖慈悲，赐我真经智慧，护我光华。

等他们的祈祷结束，我立刻走上前去，向大喇嘛施礼。他双手合十，微笑着看向我的眼睛，慈祥地对我念了几句祷祝的话语。就这样和其他喇嘛都一一行过礼之后，我才和贡迪亚并排在红砂岩地板上坐了下来，在这样炎热的天气里，砂岩地板坐上去凉凉的，让我觉得舒服极了。待我们坐定，喇嘛们立刻将一排排小木凳摆到了我们面前，那些木凳刚好到我们胸口的高度。为了表达寺庙的盛情，喇嘛们专门为我们准备了扁豆汤、炸土豆、鸡蛋和咖喱味的茄子，还有热的绿茶。我和贡迪亚都是素食者，所以我们没有吃桌子上的鸡蛋。

饭后，大喇嘛邀请贡迪亚和我到他的房间里休息。我们跟随他爬上了寺庙最高处的崖顶，这里有些像我们以前去过的那个鹰巢，周围也有几株冷杉。只是这里多了一个洞室，洞室里面空空如也，竟然一件家具都没有，之前我还从来没有见过这样的屋子。待我们坐定，大喇嘛告诉我们："在我们的寺院里，我们每天都会向佛祖祈祷两次，祈祷他能治愈战争带给世人的恐惧。战争将畏惧和仇恨带给人类，甚至连鸟兽虫蚁都难以避免，世间生灵都因为畏惧和恨意而遭受苦难，要知道，这可比生理疾病的危害大多了。生理疾病的苦只有一阵子，畏惧和仇恨带给世人的苦可是一辈子，甚至连下辈人都会或多或少地受到影响，这些不好的影响需要漫长的时间才能渐渐消除。"

老喇嘛的脸上有着无尽的悲哀，他的眉间已经被岁月犁出了深深的皱纹，他的嘴角已经因为凡尘俗世而疲惫地下垂。这位远离战争、

第八章 治愈憎恨和恐惧

隐居深山的老喇嘛，尽管居住在远离战争的鹰巢般的洞室里，却对人类犯下的罪孽感同身受。

但接着他又露出了微笑："我们还是来谈谈花颈鸽的事吧。我知道你希望自己的鸽子能够再次飞起来，其实这不是什么难事，是你力所能及的。像贡迪亚施主这些日子所做的一样，你也和我们一起来静静地冥思吧，在冥思中为你的鸽子祈祷，这会让佛祖赐予它足够的勇气和力量的。"

"你可不可以再跟我说得具体一点呢，大师？"我急切地问道。大喇嘛原本土黄色的脸变了颜色，他可能对于我的过分直接和过分急躁有些不悦，因为在我们的国度，这是非常不礼貌的做法。我有些不好意思地低下了头。

大喇嘛好像看出了我的想法，为了安抚我，他又对着我慈祥地笑了："在每一个黎明和黄昏，让你的鸽子待在你的肩头，然后你自己开始对着太阳祷告：'大自然的万物啊，你们都是体内有着无穷力量的生灵。请你们也将这力量赐些给我吧，这些力量会让我的心变得越加纯净，这样，我也会带给我所抚摸的生灵以勇气！'就这样坚持下去，总有一天，太阳神会把你的思想和灵魂变得彻底洁净，你的头脑中将不再存有畏惧、仇恨和猜疑，要知道，灵魂足够干净的人可以通过潜移默化让自己的力量影响整个世界，就更不要说一直待在你肩头的鸽子了，它也会渐渐地变得无所畏惧。按照我说的去行动吧！必要的时候，我和其他喇嘛都会给予你指导的。让我们先暂时看看效果吧！"

过了一会儿，大喇嘛又补充道："贡迪亚向来对动物的习性了如指掌，想必他已经给你讲过，我们人类的畏惧会让动物也变得惊恐，甚至导致它们对我们的攻击。你的鸽子就是因为内心有了恐惧之心，才会觉得全世界都是它的敌人，从一片随风摆动的树叶，到一团阳光背后的树影，无不让它感到战战兢兢。

"现在，你从这里往西北方看，那座山下有一个村庄，他们整个村子都正在遭受着和花颈鸽同样的痛苦。现在正是动物们纷纷向北迁徙的季节，村子里的居民们被成群穿过的动物吓坏了，经常拿着老掉牙的火绳枪到处转悠，猎杀动物。结果，向来温顺的动物也开始与人类为敌了。现在，村子里时常传来不好的消息：野水牛把村民的庄稼糟蹋了，豹子把村民的山羊偷走了，甚至还有男子在夜间出行时被野水牛杀害了……村民们来向寺庙求助，我也悉心教导了他们净化灵魂并让自己内心的恐惧消失的方法，可惜他们并没有把冥思和祷告当回事，结果把自己的恐惧传染给了周遭的动物，让事情变得越来越糟糕了！"

贡迪亚突然开口了："大师，您可以让我去和那些动物对话，我

第八章 治愈憎恨和恐惧

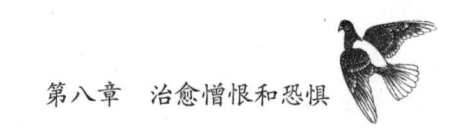

会让他们远离那些村民的！"

"时候未到，"大喇嘛回答说，"经过多日静坐冥思，现在的你在清醒时已经不被恐惧困扰了，但是，在你那些无意识的梦中，你依然为恐惧所苦。所以，你还需要再多修炼一段时间，将残余的恐惧从你的灵魂中彻底清除掉。到那时，如果山下的居民还在遭受动物们的祸害，你就可以下山去帮助他们了。"

第九章
喇嘛的智慧

按照老喇嘛的建议,我坚持早晚两次进行祈祷和冥思,这样差不多过了10天,老喇嘛突然召唤我带着花颈鸽去见他。在诚惶诚恐地推开洞室门的瞬间,我借着直射进来的光线观察了一下老喇嘛的脸色,他平日土黄色的脸孔今日却呈棕褐色,十分威严。他杏仁状的眼睛里反射出一种庄严而神圣的光辉,让人觉得充满了力量。他从我的手里接过花颈鸽放在自己的手掌上,然后开始祈祷:

北方吹来的风啊,请赐给它力量,
南方吹来的风啊,请赐给它力量,
东方吹来的风啊,西方吹来的风啊,请赐给它力量。
愿惊恐不再围绕在它身旁,

第九章 喇嘛的智慧

愿仇恨不再萦绕在它心间，
愿猜疑不再在它脑海中盘旋。
请让勇气代替它身边的惊恐，
请让平和代替它心间的仇恨，
请让安宁代替它脑中的猜疑，
请让力量灌满它的双翼。
它已经痊愈，
无所畏惧的神采正在它的眼里跳动；
它已经痊愈，
勇气将永恒地驻扎在它的心底。
伟大的佛祖，
请赐给它祥和与安宁！

我们就这样静坐着冥思，一直到太阳落山。夕阳下，大地、河流和树木都泛着熠熠光辉，喜马拉雅山那圣洁雪白的山峰自然也不例外，皑皑白雪将夕阳的余晖折射出瑰丽的色彩，如同燃烧着的火焰。

此刻，花颈鸽像是突然感应到了什么，从老喇嘛的手掌中跳了下来，慢慢走出洞室的大门，望向西落的太阳。它先是张开左翅，静静地等待了一会儿，然后，又极其轻柔、极其缓慢地张开了右翅。在夕阳的余晖中，我们可以清楚地看到花颈鸽的羽毛一根一根地舒展，肌肉一条一条地张开。最后，花颈鸽的翅膀终于像风帆一样，完全地舒展开来，但是，它并没有做出我们所期待的动作，比如马上起飞，而是又万分小心地把翅膀收了起来，就像收起一双宝贵而又脆弱的扇子。它神情肃穆，仿佛是在给夕阳致敬，然后，昂首挺胸地走下了洞室的台阶，神情如同祭司祈福时一样庄严。很快，它的身影离开了我的视线,那一刻,我听到了一种久违的声音——它的翅膀开始振动了,我按捺不住,想要站起来看个究竟,但老喇嘛把手放在我的肩上,制止了我,他的嘴角微微上翘,看上去有些神秘莫测。

第二天早晨,我对贡迪亚讲了这件事情。他对我的惊讶很不以为然:"花颈鸽张开翅膀向夕阳致敬,这有什么好奇怪的?动物也是有信仰的,尽管很多人都不愿意相信这一点。包括猴子、老鹰、鸽子、猎豹,甚至猫鼬,它们都会对日出和日落顶礼膜拜,我还曾经亲眼见证过呢。"

"真的吗?你太幸运了,贡迪亚。你能带我也去看看吗?"

贡迪亚亲切地看着我说:"当然可以,不过,我们现在得先去给花颈鸽喂点儿东西吃呀!"

我们兴致勃勃地来到鸽笼前,发现花颈鸽并不在里面,笼门也是敞开着的,这倒没什么,因为这几天我一直没有关上鸽笼,目的就是方便它自由活动。我和贡迪亚手提鸽食,在屋子里整个找了一遍,还是没有发现它的踪迹。这时候我们有点儿着急了,赶紧扩大了搜寻范围,最后甚至找到了藏经楼。在藏经楼的一个房间里,我们终于发现了它的线索——几根专属于花颈鸽的羽毛,除此以外,竟然还有黄鼠狼的脚印。不好,难道花颈鸽被黄鼠狼吃掉了?但是地上并没有任何血迹呀。所以,花颈鸽应该是逃脱了黄鼠狼的魔掌,但是,它究竟逃到哪里去了?它又是如何逃脱的呢?现在又在什么地方呢?我们仔细看了一下这个废弃了很久的房间,发现它原来是可以直接通向藏经楼外面的,于是,我们又围着藏经楼外部转悠了一个多小时,就在几乎要放弃的时候,花颈鸽那熟悉的咕咕声终于传进了我的耳朵里。我抬头一望,发现在藏经楼的屋檐下有一个新建的燕巢,原来是花颈鸽的老朋友回来了,此刻,它们正叽叽喳喳地闲聊着,场面好不热闹,连

第九章 喇嘛的智慧

我都可以清楚地感觉到燕子们见到老朋友时的欢快和喜悦。我朝花颈鸽吹了个口哨,招呼它回来吃早饭。"啊咿——呀——哎咿!"它顺着哨声歪了歪脖子,我又叫了一声,它才看到我,马上噼噼啪啪地拍打着翅膀,飞了下来,稳稳地落在了我的手腕上。我猜,这家伙多半是在黎明时分自己跑出鸽笼的,祭司们做晨祷的脚步声吵醒了它,它无所事事,就自己到处闲逛,然后游荡到了藏经楼上的那间废弃不用的房间里。在那儿,它巧遇了一只黄鼠狼,那无疑是一只没什么捕猎经验的小黄鼠狼,所以花颈鸽应付起它来游刃有余,假意跟它追逐了一会儿,佯装被对方抓落了几根羽毛,让人家在一堆鸽毛里怀抱希望苦苦搜寻,自己则悄悄地飞到半空中去了。在空中,它又碰巧遇到了正要向朝阳致意的燕子先生,它们一起敬拜过太阳后,燕子先生邀请花颈鸽到它新建的巢里做客,所以才有了我见到它们在屋檐下友好交谈的一幕。

也正是在那一天,一个可怕的消息传到了喇嘛庙——就在头天晚上,两个参加长者聚会的村民在离开打谷场返回家的途中被一头野水牛杀害了。村民们非常愤怒,上山来向寺庙寻求帮助。他们强烈要求大喇嘛施法将那邪恶生灵的身体和灵魂一并消灭。老喇嘛只好承诺村民,他会在一天之内给他们一个满意的答复:"阿弥陀佛!施主,你们的祈祷一定会得到回应。现在,你们最重要的是化戾气为祥和,安心地回到家中,心平气和地祈祷,千万不要再在晚上出去冒险了。"站在一旁的贡迪亚忍不住好奇地询问村民:"你们的村庄被这家伙骚扰多长时间了?"村民们忍不住大声抱怨道:"连续一个星期,几乎每晚都来,这不,春天才种下的庄稼,就被它糟蹋得差不多了,大师啊,你可一定得帮帮我们啊!"老喇嘛再次对他们好言安抚了一阵,他们才逐渐平静下来,同意回家去等候消息。

待他们离去之后,老喇嘛对站在一旁的贡迪亚平静地说:"贡迪亚,你现在已经痊愈了,作为被胜利之神选中的人,你去除掉那头伤人性命的野兽吧。"

"但是,大师……"

"不要害怕,贡迪亚。静坐冥思已经将你完全治愈。现在,你所需要做的就是到森林中,去测试一下你在静坐冥思中真正学到的东西。虽然你在幽居独处中获得了力量和勇气,但这些还是要在实践中接受检验的。从现在起,到明天日落之前,你一定会凯旋的。这次的任务非常简单,你可以让这个男孩儿和他的花颈鸽跟你一起去开开眼界。这是一个只有16岁的男孩儿,我会轻易地让他跟着你去冒险吗?自然不会。之所以让他跟着你,是因为我对你的能力十分有信心。去吧,你一定能够成功地消灭那头害人的野兽。"

听了老喇嘛的话,我非常高兴,又可以和贡迪亚、花颈鸽一起出行了,这是令人多么愉快的事啊!那天下午,我们就动身向丛林出发。一想到又可以在丛林里过上一夜,我就感到刺激和兴奋。对于一个爱好冒险的男孩子而言,这样的经历可是求之不得的呢!

出发之前,我们准备了猎刀和套绳,还有方便爬树用的绳梯,如果不是因为英国政府禁止印度平民使用火枪的话,带上一把装满子弹的火枪对于这次丛林之行应该是最好不过的选择。

大约下午3点钟,我们到达了那个位于喇嘛庙西北方的被野水牛袭击的村子。在那里,我们很容易就找到了野水牛的蹄印,因为它的蹄印非同寻常,蹄印特别清晰,并且陷得很深。沿着这些深深浅浅的蹄印,我们一路追踪着,穿过密密的树林和大片林间空地,跨过湍急的小溪,有时还要爬过倒下的巨树。贡迪亚说,通常情况下,动物们走路几乎不会留下什么痕迹,但一旦受到惊吓,仿佛对死亡的恐惧会让

第九章 喇嘛的智慧

它们的身体变得沉重似的,它们就会沿路留下又深又清晰的脚印。这头野水牛不管走到哪儿都踩得这么深,看来它一定是被吓得够呛。

后来,我们面前出现了一条湍急的河流,看那流水的速度,我们应该是蹚不过去的。贡迪亚说如果我们强行蹚过去的话,那流水可能会把我们的腿冲断。所以,按照这样的判断,野水牛应该也没有勇气过河。于是,我们决定继续沿着岸边寻找野水牛的蹄印。果然,20分钟后,我们就发现了它的踪迹。它的蹄印在一个岔路口突然掉转头离开了河岸,然后消失在一片密林里面。进入那片林子的路漆黑一片,几乎什么都看不见,要知道,现在也不过才下午5点钟。这儿离附近的一个村子很近,按照一般野水牛的速度,估计不到半个小时它就能走到村子里。所以我们必须尽快找到它,以免增添更多的杀戮。

这时候,贡迪亚说话了:"你听,这附近有水流声!"我赶紧侧耳去听,不远处果然传来了溪流冲刷水草的声音。原来离我们20英尺[①]处有一个湖,溪水就注入了那里。"你看这儿的地形和美丽的风景,如果我是那头杀人的野水牛,可能就会在这儿躲起来好好地睡上一觉。"贡迪亚半开玩笑半认真地对我说:"那边有两棵紧挨在一起的大树,我们就在树上扎营吧。这些树之间的距离连4英尺[②]都不到,这对我们来说很有利。天快黑了,它可能就快到这里来了。等它出现的时候,我们可绝不能待在地面上任它宰割啊!"

我仔细查看了一下他提到的空隙。正如他所言,这些树虽然很高大,但都离得很近,中间的距离仅够我和贡迪亚并排走过去。

"现在我得脱掉身上这些沾满恐惧气味的衣服。"贡迪亚一边说

[①]20英尺=6.096米。
[②]4英尺=1.219 2米。

着一边从他的外袍下拿出一包衣服来。他把衣服放在地上后,就爬到了树上。接着,他从树上给我扔下一条绳梯,好方便我顺着绳梯爬上树去。花颈鸽则心安理得地趴在我的肩头,偶尔为了平衡自己的身体而扇动两下翅膀。不一会儿,我们就安全地来到了贡迪亚选好的那根树枝上。之后,我们就一直安安静静地坐在那儿,一言不发,一动不动。

黄昏的时候,首先是周围的鸟儿引起了我的注意:苍鹭、犀鸟、松鸡、野鸡、麻雀,还有宝石绿鹦鹉等,它们大群大群地飞过来,在丛林里嬉戏。其次就是各种乱七八糟的声音:蜜蜂嗡嗡地叫个不停,啄木鸟连续不断地敲击着树木,老鹰们尖啸着在高空翱翔,山涧溪流湍急地涌动着,撞击在河中的石头上,发出隆隆的回声,甚至还有土狼的笑声,如同刚从睡梦中醒来,感觉怪怪的。

幸好贡迪亚经验丰富,选了一棵很高的树来扎营,这样就不怕有豹子或者蟒蛇突然造访了。我们一直爬到树上很高的地方,选了两根看起来很结实的树枝,将绳梯两端固定在两根树枝上,看起来就像个吊床,这样我们就可以好好地休息一下了。这时候,贡迪亚招呼我赶快抬头看天上。此时,一只巨大的老鹰正在天上慢悠悠地盘旋着,双翅在夕阳的照射下散发出红宝石般的光泽。老鹰身后的天空也如花颈鸽的颈羽一般,呈现出五彩斑斓的色彩。贡迪亚说,老鹰此时正展开双翅飘浮在空中,就是在以自己的方式向落山的太阳表达敬意。有百鸟之王悬在那里,其他的鸟儿和昆虫自然噤若寒蝉,四周静悄悄的,世间万物也在以自己独有的方式对天空王者进行朝拜。渐渐地,夕阳越来越红,仿佛马上就要将周围的一切点燃,老鹰那红宝石般的翅膀渐渐变成了紫色,翅膀边缘还泛着金色的光芒。最后,完成了仪式的老鹰飞向高空,如同将自己献祭给神灵一般,消失在烈焰升腾的群山中。

第九章　喇嘛的智慧

老鹰一飞走，地面上的昆虫们就像是被解开了某种禁锢一般，先是试探性的低鸣，接着是各种鸣唱接二连三地传来，万籁俱寂的夜里顿时响起了此起彼伏的唱和，连我们附近的一只猫头鹰也忍不住啼鸣了几声，把花颈鸽吓得往我胸口前缩了又缩。这时，一只喜马拉雅夜莺（一种夜行的鸟儿，和夜莺非常相像）忽然舒展歌喉，唱起歌来。这是一支富有魔力的歌曲，如同以天使的银笛为乐器，以潺潺的溪流和滴答的雨点为乐声，声音忽高忽低，一会儿从高处的树枝上倾泻而下，一会儿顺着树根渗透到地底；语调忽缓忽急，像是流过平坦地面的河水，又如同从粗糙树干上滑过的浑浊液体。

在喜马拉雅山麓，初夏的夜晚是如此诱人，它的魅力是永远无法用言语来形容的。那种感觉让人觉得甜蜜，又让人觉得孤寂，我很想在脑海中搜索出一个精确的词来描述这种感觉，却越想越累，不禁打起瞌睡来。贡迪亚往我身上多绕了一根绳子，以便把我牢牢地固定在树干上，防止我睡着后从树上掉下去。我也顺势调整了一下自己的姿势，把脑袋枕在他的肩膀上，好让自己睡得更舒服一点。半梦半醒之间，我听到他在自顾自地说着自己的狩猎计划。

"你一定很疑惑我为什么要把自己的衣服扔在地上吧？其实，那些衣服是我在患心病的那段时间穿过的，上面有一种特殊的气味——恐惧，对于受了惊吓的动物来说，这种气味有着致命的吸引力，那头野水牛必然也难逃这种诱惑，跑来翻检我的衣服，这样我们就可以做好充分的准备等着它'上钩'，如果能够成功地给它的双角套上绳套，我们就可以将它活捉，然后让它乖乖地跟我们回寺庙去……"他后面还说了什么我已经记不得了，因为那时我已经睡着了。

不知道睡了多久，在一声吓人的低哞中，我被惊醒了。贡迪亚不知是一直没有睡，还是早就醒了，此时正在匆忙地解着捆在我身上的绳子，同时努嘴示意我看下面。天刚蒙蒙亮，除了一团黑影，我几乎什么都看不到。但是，一只野兽愤怒的咆哮声还是清楚地传入了我的耳中。接着，光线越来越亮，那团黑影也越来越清晰可辨——那是一团形状如小山丘一样的东西，我相信任何一个见到它的人都会和我有同样的想法。在晨光的照射下，它的皮肤黑得发亮，背光的那一半身体，正在用力地蹭刮我们所在的这棵大树。尽管它的身体有一大半被树叶和树枝挡住了，但我还是能感觉到那头野水牛大约有10英尺[①]长，朝阳里，它看上去就像是一块在周遭的绿色熔炉中炼制出来的黑色琉璃。我忍不住心生感叹："自然界的水牛就是不一样，身板强健，皮毛富有光泽，不像我们加尔各答动物园里的那头水牛，不仅名字难听，而且皮肤溃烂、看上去脏兮兮的。与大多数孩子相比，我是多么幸运啊，我能见到野水牛真正的样子，而他们却只能在动物园里观察那些被圈养起来的动物，已经沦为阶下囚的动物怎么可能在人类面前呈现出自己最美的一面呢？这是一件令人多么遗憾的事情啊！其实，我们真的并不了解动物，就像我们不能简单地因为一个人坐了牢就说他是一个品德败坏的人一样，我们怎么能只看到关在笼子里的动物的样子就来对它们进行评价呢？"

说远了，说远了，关于那头杀人野水牛的故事我还没讲完呢。为了不碍手碍脚，我把花颈鸽从我的外套下放了出来，在这片树林里，花颈鸽可以想怎么飞就怎么飞。而我和贡迪亚则进入了战斗的准备状态。我们先小心翼翼地朝下爬了几根树杈，最后在离地面2英尺[②]高的地方，我们找到了一根理想的树枝，就停了下来。野水牛依然没有

---

① 10英尺＝3.048米。
② 2英尺＝0.609 6米。

第九章 喇嘛的智慧

注意到我们,它正在树下玩弄着贡迪亚那件沾满恐惧气味的衣服——不,确切地说我们现在已经不能再称它为衣服了,现在我们只能称它为碎片。贡迪亚说得没错,那衣服上面沾染的恐惧气味对野水牛有着致命的吸引力,所以它一直不停地用犄角在上面戳来戳去,把一件好好的衣服戳得大洞小眼,最后成了一堆碎片。它的犄角看上去还是很干净的,但脑袋上却有些新鲜的血迹,如果我们的推测没错的话,前一天夜里,村子里又有一条生命丧于它的犄角之下。看到这里贡迪亚有些发怒了。他一边灵巧地把绳套一头系在树干上,一边对我耳语道:"我们一定得活捉这家伙。现在,我需要你的帮助,你站在树枝上面,想办法把绳套套到它的犄角上去。"对我交待完毕,贡迪亚就选准位置,绕到野水牛背后的树枝上,嗖地跳了下去。贡迪亚的这一动作把野水牛吓了一大跳,它立刻转身逃走,但却失败了——前面我已经描述过,野水牛现在所在的位置是两棵树之间的空地,连4英尺①都不到。此刻的它正紧贴着左边的那棵树,而它右边正是我所在的那棵树。夹在两棵树之间,留给它的出路是要么向前冲,要么往后退,但我没有容它作出选择,就把绳套准确而迅速地扔到了它的脑袋上。当绳套与野水牛的身体接触的一瞬间,它像受到了极大的刺激似的,疯狂地向后退去。贡迪亚赶紧躲到了另一棵树的后面,如果再晚一步,他整个人可能就会被这头发了疯的畜生一脚踏在地上,活生生地踩死。正在这时,我发现自己犯了一个致命的错误——我并没有按照贡迪亚吩咐的那样,成功地套住野水牛两只犄角的根部,相反,那绳套只是松散地挂在了一根犄角上。来不及多想,我马上朝着贡迪亚高声尖叫:"小心啊!我只套住了它的一只角,它随时都可能挣脱绳

---

① 4英尺=1.219 2米。

套……爬树！对，爬树！你现在赶快爬到树上来！"

即使知道自己的处境有多危险，猎人勇敢的本性还是让他无所畏惧，贡迪亚并没有按照我的建议爬上树来，而是选择了和野水牛正面对峙。我看到他和野水牛之间只隔了一小段距离，此刻那头凶残的野兽已经慢慢地低下头颅，然后猛地向前冲去。我吓得闭上了双眼，不敢正视接下来可能发生的事情。

当我再次睁开眼的时候，我看到野水牛正在拼命挣脱绑住自己犄角的绳套。它烦躁不安地怒吼着，声音响彻整个丛林，连回声都不绝于耳。

此时的贡迪亚藏在大树后面，估摸着野水牛一时半会儿近不了身，于是他赶紧趁机抽出了那把1英尺半[①]长、2英寸[②]宽、锋利无比的匕首，然后悄悄地向右移动，并借助一棵树挡住了自己的身躯。此时的野水牛完全失去了耐心，它不再理会那根依然结结实实地套在它犄角上的绳套，而是对准贡迪亚刚刚站立的位置，猛冲过去。毫无疑问，暴躁让它对贡迪亚的进攻再次失败了。

以逸待劳的贡迪亚决定改变策略，他故意朝着与野水牛相对的方向跑去，弯弯拐拐，在树林里画着"之"字形，这样野水牛就难以捕捉到贡迪亚身上的气味儿了。尽管野水牛被迷惑得晕头转向，但它仍然调转方向，紧跟着贡迪亚跑。当经过我们树下的时候，贡迪亚所扔下的衣服更增加了这头畜生的狂躁，它的嘴里不断地喷出团团热气，四只蹄子疯狂地踩踏着地上的衣服，还用犄角连撕带挑。

这时候我已经找不到贡迪亚的身影了，或许是树木挡住了我的

[①]1英尺半=0.457 2米。
[②]2英寸=0.025 4米。

第九章 喇嘛的智慧

视线，但是，我估计他现在已经跑到了下风口，这样野水牛就更加难以发现他了，相反，他倒是可以凭着从上风向吹来的气味准确地判断出野水牛的位置。野水牛继续一边把犄角戳进贡迪亚的衣服里，一边不停地闷声吼叫。在可怕的吼叫声中，周围的树丛都开始簌簌抖动起来，一群猴子不知从哪里跳了出来，从一根树枝跳到另一根树枝上。树上的松鼠也吓得像老鼠一样滑到地面，又蹿回到树上。而成群的松鸡、苍鹭、鹦鹉、乌鸦、猫头鹰等则不停地乱飞乱叫。在各种混乱的声音中，野水牛终于完全失去了理智，怒吼着向前狂奔而去，等待在它面前的，是淡定从容的贡迪亚。我还从来没有见过有谁像现在的贡迪亚这样平静。只见野水牛的后腿猛踏在地上，然后像利剑一般向前冲去，又突然猛地往上蹿了一下。我定睛一看，原来它是被套索扯住了，套索的一端套在野水牛的一只犄角上，而另一端仍紧紧地绑在我所在的树上。野水牛被凭空拖起了几英尺高，几乎翻了个个儿，四蹄在空中狂暴地蹬动着，然后又重重地落在了地上。就在落地的那一刻，野水牛的犄角"咔"的一声断裂成了两截，原本那么锋利的犄角此时就像易折的干树枝。这时候，贡迪亚如同闪电一般跳了出来。看到他，野水牛慌忙翻过身来，鼻孔里还呼哧呼哧地冒着热气。就在它准备站起来向贡迪亚扑过去的时候，贡迪亚看准时机，把匕首插进了野水牛的肩部，然后把自己整个身体的重量都压了上去。贡迪亚的这一举动对于野水牛来说无疑是致命的一击，紧接着，一声如火山爆发般的嘶吼震撼了整个丛林，鲜血如同喷泉一般，从它伤口所在的位置喷涌而出。这场面吓得我不敢再看下去，我又一次闭上了眼睛。

几分钟后，当我从树上下来时，野水牛已经失血而亡，躺在一片血泊之中。站在它尸体旁的贡迪亚则神情麻木，不停地擦拭着野水牛沾在他身上的血迹。我知道他此时一定想自己待一会儿，就悄悄地走开，去寻找花颈鸽的身影。但是我呼唤了一遍又一遍，花颈鸽却没有任何回应。我又爬上树梢去找它，还是没有找到。

等我爬下树时，贡迪亚已经整理完毕，身上的血迹也全弄干净了。他指指天空。我顺着他的目光望去，原来是那些正在徐徐降临的大自然的清道夫。飞得低一些的是鸢，在高空飞翔着的是秃鹫。它们对于已经死亡的生物有着特殊的洞察力，会在有人赶来之前把现场清理干净。

贡迪亚安慰我说："它肯定是跟其他鸟儿一起飞走了。我们一定会在庙里找到花颈鸽的。现在，我们也快点离开这里吧。"走之前，我又去看了那头野水牛一眼，此时，它的尸体周围已经布满了密密麻麻的苍蝇，看起来既恶心又可怜。我估摸了一下，单是它的前腿就有1米多长，体长加起来起码有3米多。

因为各怀心事，在回喇嘛庙的路上，贡迪亚和我都一言不发。一直到中午时分，我们途经了那个受害的村落，见到了该村的村长。当他得知野水牛已死时，脸上情不自禁地露出了舒缓喜悦的表情，但这种喜悦的表情转瞬即逝，问其缘由，方知他年迈的母亲刚刚过世，老人家一向吃斋礼佛，每天晚上都会去村里的寺庙晚祷，很不幸，就在前一天晚上，在回家的路上碰上了那头疯狂的野水牛——难怪我们之前看到野水牛的犄角上有新鲜的血迹。

告别村长之后，我们开始感到饥肠辘辘，于是我们加快了步伐，没多久就回到了喇嘛庙。我马上向人问起花颈鸽的事。但花颈鸽竟然不在庙里！这太可怕了，我的心里咯噔一下。我们又赶紧跑到老喇嘛的洞室，把情况说给他听，但老喇嘛对我们说："放心吧，它和你一样平安无事，贡迪亚。"停顿几分钟后，他又问道："贡迪亚，是什么让你如此心神不安？"

第九章 喇嘛的智慧

贡迪亚沉默了好一会儿,然后回答说:"其实也没有什么,大师。只是有一点,我厌恶杀生。我本来想活捉那头野水牛的,但是,事与愿违,我却不得不亲手杀死它。因为那时它的犄角意外折断了,它愤怒到了极点,而且我和它之间毫无遮蔽,我只能把刀子扎进它的要害,否则,死的那个人就会是我。哎!其实我非常后悔没能活捉它,把它卖给动物园也是好的呀。"

"哦,你不能一心只想着钱!"没想到他这个时候还在想着贩卖动物,我忍不住高声叫了起来,"其实,死亡对它而言也是一种解脱啊。至少比一辈子关在动物园里好,不用为失去自由活受罪。"

"其实要是你把它的两只角都套住的话,野水牛就不会死。"贡迪亚反驳道。

老喇嘛赶紧插话说:"好了,好了,两位施主,你们现在应该关心的是花颈鸽才对,而不是那个已经死去的它。"

贡迪亚回答道:"没错。差点忘了正事,我们还是赶快去找花颈鸽吧。"

老喇嘛却说:"不,现在你们应该回德恩谭去。你们的家人很挂念你们,我感应到了他们的心声。"

听了老喇嘛的话,第二天,我们就动身返回德恩谭。一路上,我们拼命赶路,每天要在不同的驿站换两次马匹,这样,终于在第三天回到了德恩谭。当我们正往家里走的时候,遇到了家里的一个仆人。看到我们,他非常激动,说花颈鸽三天前就回来了,看到它独自归来,我的父母还以为我出了什么事,担心得不得了,所以专门派了人出来寻找——原来老喇嘛的感应是真的,真是太神奇了!

接下来我们几乎是跑着回到家的。10分钟后,我就扑到了母亲的怀里,花颈鸽也飞过来站在我的头顶上,不断地拍打着翅膀。

花颈鸽不仅再次展翅高飞了,而且还能一路顺利地从喇嘛庙飞回德恩谭的家中,这让我欣喜若狂,简直无法用言语来描绘这种感受。"啊,了不起的花颈鸽,你果然没有让我们失望,不愧是鸽子中的佼佼者,是真正的飞行高手啊!"我和贡迪亚一起走上家门口的台阶,朝着花颈鸽大声地喊道。

我们就这样结束了辛格里拉的旅行,虽然这一路走来经历了很多艰辛,但贡迪亚和花颈鸽的心病在这次旅行中被完全治愈了。这对我们而言,是付出多少艰辛都值得的事情。

最后,是该说再见的时候了。我不想用冗长的说教来结束这个故事,但我心里有一点感悟,愿与你们共同分享:

"我们人所感受到、思考到的一切,都会对我们的一言一行有特定的影响。如果你心怀恐惧——哪怕是连自己都没有意识到的恐惧,如果你心怀憎恶——哪怕它只出现在你最微不足道的梦境中,或早或晚,它们都会以某种形式在你的言行中展现出来。所以,我亲爱的朋友们,我们一定要充满勇气地生活,并把勇气传递给他人。如果我们心中有爱,一直怀着爱的意念,平和与宁静就会从我们的心中满溢而出,就像花朵一样,散发出自然而然的芬芳!

愿万物皆得安宁!"